医不容辞

烧伤超人阿宝（宁方刚）著

河南科学技术出版社
·郑州·

内容提要

作者根据多年一线从医的经历写成本书。从医生涯中，作者无数次为医护人员的精神、患者及其家属的情感而感动落泪，也曾为世人对医护人员的误解、不尊重而愤恨难平，几度徘徊于崩溃边缘，最后又凭借从医的信念和理想而坚守下来。

作者把一线医护人员鲜活的故事和真实的情感酣畅淋漓地展现在世人的面前，让人们看到白衣大褂后面原来也是有血有肉、与患者同悲同喜的一群人。更为难得的是，在故事中，作者以辛辣犀利的文笔，直指人性本质，给读者以精神上的洗礼。最后，作者旁征博引地介绍了医学史上一些惊艳时代的事件，并对一些医疗行业热点事件进行解读，在一定程度上有助于消除大众对医疗行业的误解。

图书在版编目（CIP）数据

医不容辞 / 烧伤超人阿宝（宁方刚）著 . -- 郑州 : 河南科学技术出版社 , 2020.11

ISBN 978-7-5725-0174-6

Ⅰ . ①医… Ⅱ . ①烧… Ⅲ . ①散文集 – 中国 – 当代 Ⅳ . ① I267

中国版本图书馆 CIP 数据核字 (2020) 第 186462 号

出版发行：河南科学技术出版社

地址：郑州市郑东新区祥盛街 27 号　　邮编：450016

电话：（0371）65788613　65788629

网址：www.hnstp.cn

责任编辑：邓　为

责任校对：王俪燕

整体设计：紫图图书 ZITO®

责任印制：朱　飞

印　　刷：嘉业印刷（天津）有限公司

经　　销：全国新华书店

开　　本：880mm × 1230mm　1/32　印张：8.75　字数：150 千

版　　次：2020 年 11 月第 1 版　　2020 年 11 月第 1 次印刷

定　　价：49.90 元

目　录
CONTENTS

第 1 章　健康所系，性命相托

第 2 章 为折翼的你，重新安上翅膀

第 3 章 愿你们被这个世界温柔相待

第 1 章

健康所系，性命相托

我决心竭尽全力除人类之病痛，

助健康之完美，维护医术的圣洁和荣誉。

救死扶伤，不辞艰辛，执着追求，

为祖国医药卫生事业的发展和人类身心健康奋斗终生！

一生之誓

有一次，一个小学弟对我说："我的人生理想就是做一个普通人，过平淡而安静的生活。"

我说那你赶紧转行吧，只要你选择了医生这个职业，你就永远不可能做一个普通人，也永远过不上平淡而安静的生活。而如果你始终以一个普通人的标准要求自己，你也早晚会被这个行业淘汰。

我知道，我这种观点肯定很多人不同意，包括很多医生。但我依然坚持认为：医生不是一个普通的职业。

我和一位我很尊敬的大学老师谈论这个问题的时候，他笑着说："阿宝你是不是太自恋了？哪个行业的从业者不需要勤奋努力？哪个行业的精英没有自己的职业荣誉感？难道单单你们医生特殊吗？"我无奈地说："你不懂的，真的不一样。"

真的不一样。因为在这个行业，你每天面对的都是健康和生命；因为在这个行业，你每一个决定都关乎健康乃至生死；因为在这个行业，你每天都要看到美好的生命在你面前凋零；因为在这个行业，你每天都能看到奄奄一息的生命之火重新燃起。

作为医生，我们能够以普通人的标准要求自己吗？工人可以“老婆孩子热炕头”，但医生能够抛下自己的危重患者心安理得地朝九晚五吗？厨师做菜放错了花椒、味精不是多大的事情，但医生能够给患者开错药吗？农民可以刮风下雨时待在家里不出门，但医生能够一刮风下雨就不出门诊、急诊吗？售货员拿错了东西，顶多赔礼道歉，但医生开错了刀，能赔礼道歉了事吗？

我坚信，医生这个行业，无论如何堕落，其总体道德水准依然远高于其他行业。因为，每个医生，从他成为医学生那一天起，他每天被灌输的东西都是如何救人。他们付出比其他专业的学生多得多的辛苦和努力，为的是掌握救人的技术。当一个医生勤勤恳恳宵衣旰食地努力十几年，能够独当一面的时候，那种对生命的敬畏和尊重已经成为信仰，深入他的血液和骨髓。

理想这个词，也许对我们有的人，已经显得有些陌生和不合时宜了。但我依然记得自己当年进入医学院，宣读医学生誓言时那种热血沸腾的感觉。那时候，我们是那么的真诚，那么的热情，我们将那段誓言写在书本的扉页，写在笔记本的封面，时刻警醒自己：除人类之病痛，助健康之完美，维护医术的圣洁与荣誉……

我知道几乎所有人，都有和我类似的心灵历程，都曾为那铿锵有力的誓言沸腾起青春的热血；而每个年轻的医生，也都是带着这种热血和信仰，从学校走进医院，踏上自己的岗位。

遗憾的是，热血和信仰很快会遭到残酷的考验。

前两年回山东，我听到一位在三甲医院工作的医生的事情。他接诊了一个非常危重的患者，这个患者唯一的痊愈机会是手术，但是患者全身情况差，而手术部位非常危险，手术风险极大。在辗转了多家医院被拒绝之后，患者家属找到了他这里，跪在地上求他试一试，而且信誓旦旦地保证即使患者死在手术台上也毫无怨言。

医生心软了，相信了家属。押上自己的声誉和前途，力排众议，说服了自己科室领导和兄弟科室的医生，为患者做了手术。手术是成功的，患者的命保住了，只是出现了一些后遗症，患者留下了不是很严重的残疾。这已经是一个非常理想的结果了。

但等待他的，不是家属的感激，而是一帮呼啸而至的医闹：喇叭、条幅、围堵。曾经跪在地上求他的患者家属，突然间成了面目狰狞要与他不共戴天的仇敌。最终医院迫于压力赔钱了事。

由于是科室骨干，医院和科室没有难为这位医生，对他好言抚慰，也没有让他承担损失。但是，这位曾经活泼开朗、豪情万丈的医生，从此郁郁寡欢，仿佛一夜间苍老了 10 岁。

这种严重而极端的事情，是个例。但那些让医生心寒的事情，却实实在在地在发生：辛辛苦苦没日没夜地抢救患者，换来的却是患者死亡后家属的侮辱乃至殴打；在患者欠费情况下依然精心治疗，催费时却被患者骂成给钱才救命的黑心奸商；拒绝门诊患者插队的无理要求发生冲突，对方却气势汹汹理直气壮地去投诉；而在门诊、急诊碰到醉鬼、流氓、地痞无赖，更是家常便饭。

于是，有的人最终选择了改变。

他们开始嘲笑自己当初的天真和幼稚，将自己成功地变成了圆滑世故的社会人。他们用练就的一双慧眼对患者实行甄别和判断，给患者分别贴上安全和危险的标签，并采取双重标准对待。有些人走上歧途，将红包、回扣视为对这一切的补偿，甚至玩世不恭地教导后辈如何搪塞患者，如何谋求不当利益。

但是，我相信，每当夜深人静的夜晚，回想起那段誓言，追忆起自己曾经的青春热血时，每个医生，依然会热泪盈眶。那铭刻在灵魂之上的誓言，又岂能真正忘却；那奔腾在血管内的理想，又岂能真正忘却。

于是，我们看到，当“非典”横行举国动荡的时候，医生们依然毫不犹豫地站出来，勇赴一线，用自己的生命和热血，践行了当初许下的誓言。

于是，我们看到，在新型冠状病毒蔓延全国时，一批批医护人员以集结号为令，从全国各地赶赴疫情最为严重的地区，源源不断持续增援，同时间赛跑，日夜奋战，在荆楚大地上为患者点亮一盏盏希望的灯。

医生就是这样一个行业。在当前的形势下做医生，需要背负太多的辛酸与无奈。

穿上白衣，就如同坐上莲台，种种磨难屈辱，皆是尘世劫数。以大智大勇，行大慈大悲，经大喜大痛，受大荣大辱。经九九八十一难，证人间正果，成无上菩提。

医学，是一种信仰

2017 年，某大学附属第一医院一名规培医生因一次轻率而冲动的行为，给自己带来了不小的麻烦，也引起了全国医务人员的关注。

当天下午 4 点 20 分左右，规培医生张某发短信给上级医生说，自己要下班，不再为 13 房手术室下一台患者麻醉，而后未经批准擅自离开工作岗位。上级医生打电话要求其回到手术间，张某最终于 5 点 20 分再次回到手术室继续上班。

此后，在科室领导对其行为进行批评教育时，张某出言不逊，称：“我是不是医生你说了不算，你是不是人我说了也不算。”

院方调查后认定张某的错误包括：

1. 丢下患者擅自离岗，严重违背医师职业操守；

2. 严重违反麻醉科规章制度；

3. 不尊重上级医师。

院方调查后做出以下处理：

1. 涉事张姓医生被暂停在麻醉科两个月的轮科计划；

2. 因其未完成麻醉科轮科培训计划，该科成绩为零分；

3. 终止当月轮转，扣发当月绩效奖金；

4. 待其书面承认错误，并报送医院和麻醉科批准后方可重新安排补轮。

事后，张某写了检讨，在检讨中，我们明显看到他并非心服口服。

张某检讨中称：要求 8 小时工作制是错误的思想，是受了空想社会主义思潮侵害的不良思想。由于职业的特点和任务的特殊性，作为医生应该不计辛劳，不计酬劳，全身心为患者服务；鞠躬尽瘁，死而后已。应该以科室上级医生为榜样，努力工作。

事情被网络披露后，网上不乏支持张某的声音，认为医生有权利拒绝加班，认为医院剥削规培医生，认为规培医生待遇低、工作强度大，等等。

其实我知道，几乎国内的所有医生，包括规培医生和实习医生，在面临同等处境的时候，都不会做出和这位张医生一样的选择。而他们内心也并不真的认为这位年轻的医生做得对。他们对张医生的支持，某种程度上，是对当前恶劣的医疗环境长期积累的怨气的释放而已。

是的，我国医生的怨气和委屈实在太多了，多到我甚至已经没有力气再去抗议和控诉了。一次又一次的恶性伤医事件，把我们的泪流干了，把我们的心弄凉了，那种深入骨髓的痛苦，甚至让我们麻木和失语了。

公平地说，我们的医疗环境确实在缓慢地改善。但是，在柳暗花明之前，我们的医生，还需要忍耐和坚持很长时间。

我们的医生，怎么可能不怒？怎么可能不怨？在怒气和怨气之下，有一些冲动的行为，也就难以完全避免。

但是，这绝不等于我们应该原谅甚至接受这种行为！绝不等于我们可以允许和原谅一个医生，把等待手术的患者晾在手术台上，自行脱岗回去休息。

判断一个医生把患者扔在手术台上，自行回家休息是对还是错，只需要看看我们身上的白大衣就够了，只需要想想我们的誓言就够了，只需要问问我们的良知就够了。

因为，如果我们的医生们，竟然需要去翻找法律来讨论这件事情的对错，那就太悲哀了！

法理不外人情，法律与道德人伦、公序良俗有时候会有差别甚至矛盾。但是从根本上，法律不可能违反道德人伦，更不可能违反公序良俗。

不会有任何法律，支持和允许一个医生拒绝科室的工作安排，把患者扔在手术台上自己回家休息。

医生是什么？

在躺在手术台上的患者眼中，医生是操控生死的神灵。一刀成人，一刀毁人；手下毫厘之差，患者生死之别。

而在在手术台上操刀的医生自己看来，自己只是一个凡夫俗子：有孩子要养，有房贷要还，柴米油盐酱醋茶，样样要操心。

其实，两者的感觉都对，医生就是一群被赋予了神一般职责的凡夫俗子。

能力越大，责任越大。当你承担了神一样的责任时，这个社会对你必定会有更高的道德和伦理要求。

曾经，我和百度总裁李彦宏座谈时，我告诉他："民众可以原谅电商卖假货，但不能原谅百度为'莆田系'做广告，哪怕这些医院和广告在程序上是合法的。因为，医疗涉及生命和健康，所以老百姓必然有更高的道德要求，所以在其他行业看起来很普遍很正常的行为，在医疗领域却会动辄触碰老百姓的容忍底线。”

无论你愿意还是不愿意，从你进入医疗行业起，你就不得不承担更高的道德要求。因为你面对的是生命。

下班了，你或许可以把没加工完的零件扔在一旁回家。但把一个等待麻醉的患者扔在手术台上，无论你有千般理由万种委屈，老百姓绝无可能接受和原谅。

这也就是为什么古人会说：“学不贯今古，识不通天人，才不近仙，心不近佛者，宁耕田织布取衣食耳，断不可作医以误世！”

医生，守卫的是健康，面对的是生死。

为什么年轻医生被称为“住院医生”？因为多少年来，我们和我们的先辈们在年轻时就是住在医院，24 小时守在门诊病房手术室学习的。

为什么年轻医生从来不实行 8 小时工作制？因为我们没有办法以 8 小时工作制培养出优秀的医生。无论设备多么先进、科技多么发达，在现在以及很遥远的将来，培养一个合格的医生都离不开长时间、高强度的重复训练。

只有通过严苛的重复训练，只有你将那些需要掌握的操作和知识反复练习无数次，直到这些操作、这些知识刻入你的骨髓，融入你的血液，变成你的本能后，你才能在关键时刻不犯错，才能在第一时间做出正确的判断，才不会在操作时差之毫厘失之千里！

张医生说，他犯了空想社会主义的错误。我想说的是，在资本主义国家，年轻医生也并不轻松。

全世界的住院医生培训，都是魔鬼式训练，只有精英中的精英，才能坚持到最后，实现自己做医生的梦想。

美国的住院医生平均每周工作时间曾经长期超过 100 小时，后来美国政府为了保护医生的健康被迫出台政策，强行将医生每周的工作时间控制在 98 小时以内。

98 小时，以每周工作 6 天计算，是每天工作超过 16 小时。以每周工作 7 天计算，是每天工作 14 小时。而在 2003 年之前，美国外科住院医生每周工作时间超过 100 小时是常事。

大名鼎鼎的美国哈佛大学，住院医生每天凌晨 3 点半起床，晚上 10 点才能休息。

这是美国，全世界对劳工权益保护最严格的国家之一。

其他地方，如日本、欧洲莫不如此。事实上，在繁忙的工作之外，他们还要阅读大量文献，撰写高水平的论文。这些工作花费的时间，并不计入工作时间以内。

据我了解，上面提到的某大学附属第一医院的规培医生，达不到每周 98 小时的工作时间。

有人说，美国住院医生的待遇比中国医生强多了。

2014 年，美国不同年资住院医生的年薪换算成人民币为 40 万 ~ 55 万人民币。

该大学附属第一医院的规培医生的待遇如下：社会人员自考本科学历 5700 ~ 8700 元 / 月，委培人员本科学历 8300 ~ 9100 元 / 月，硕士、博士待遇更高，博士待遇在 1 万元 / 月以上。

以此计算，该大学附属第一医院本科学员的年收入在 6.8 万 ~ 10.4 万元。考虑到美国住院医生有博士学位，再考虑到两国的人均收入比是 1:12，这个待遇并非糟糕得离谱。

医疗这个行业，与患者的健康和生死攸关，因此这个行业，也理所应当地要求更高的敬业精神，理所当然地要求我们更勤奋，更刻苦，更谨慎，更好学。

正因为对这个行业有超出其他行业的更高要求，所以这个行业也必然应该拥有更高的社会地位和获得更多的社会尊重。

是的，在现实中，我国医疗行业的付出和其所拥有的社会地位、经济待遇有时可能并不匹配。我国医生凭借高强度长时间的劳动，支撑起了一个全世界最廉价最便利的医疗体系。而他们，有时不仅没有得到尊重，还要忍受各种不公正的指责、羞辱乃至暴力伤害。

但是，这是我们放弃自己的道德，放弃自己的责任，放弃自己的梦想和誓言的理由吗？如果我们放弃了，那么，我们又凭什么要求更高的社会地位和更多的社会尊重？

医学，是一种信仰。优秀，是一种习惯。

我对一个年轻医生说："我希望你每天清闲无比，不用劳累，不用加班，轻松快乐，了此一生。"

你觉得这是在祝福他吗？

这不是祝福，这是诅咒，对一个年轻医生最恶毒的诅咒。

不是所有的人，都能成为医生。不是所有的医生，都有机会进入上文提到的这个大学附属第一医院这样的医院完成自己的住院医生培训。不是所有的医生，都能得到这样水平的上级医生的指导和帮助。

当你离开这个地方，你再回来学习，并不容易。

人非圣贤，孰能无过。希望"张医生们"按下心中的怨愤和戾气，虚心接受上级医生的批评，认真反思自己的过错，端正思想，珍惜这难得的机会，完成自己的学业。

我行医生涯的三次流泪

曾经有一次，我和实习的小学弟聊天，他对当前医生的执业环境充满担忧，对前途充满迷茫。他问我：“师兄，你对现在的生活满意吗？你有想过离开这个行业吗？”

我说：“你见我哭过吗？”

学弟说：“没有，觉得你挺乐天派的。”

我说：“那好吧，让乐天派的师兄给你讲三个我哭的故事。听完后，也许你就对医生这个工作有更充分的认识，并找到自己坚持下去的理由了。”

对不起，兄弟，没能救活你

几年前，我曾经救治过一个中年患者，他是救火英雄，在火场被烧伤。患者先是被送到当地医院就诊，但治疗效果不理想，病情迅速恶化，患者带着呼吸机、滴着升压药转到我们医院。领导点名让我负责救治。

这个患者情况非常糟糕，早期植的皮基本都没活，全身到处都是没有皮肤保护的感染创面。患者入院时已经心脏衰竭、呼吸衰竭、肾衰竭。患者痰液里、血液里、创面上均培养出两种对当时临床可获得的全部抗生素均耐药的超级细菌。

自从接手这个患者，我就基本住在了科里，只是偶尔回家换换衣服。儿子生病住院，我匆匆去看一眼然后赶紧回医院，儿子当时拉着我的手哭着不让我走。好在他爷爷奶奶都在，家里倒不用我操心。

我就这样守在患者床边，人盯人严防死守地抢救了整整31天。

你知道什么叫危重吗？危重的意思就是你翻遍所有的文献和教材，最后发现大家只有一个共识：这种情况很严重。

你知道怎么治疗危重患者吗？就是人盯人地严防死守，就是全副武装不眨眼地站在患者面前，用你全部的知识和智慧，不停地挡住死神不断伸出的镰刀。就是把你的心放在油锅里不断地煎熬，熬到你无悲无喜，熬到你灵台清明，熬到你终于看到那根架在两座悬崖中间的细若发丝的钢丝，然后想办法搀扶着患者在狂风暴雨中走过去而不失去平衡。

我曾经距离成功很近很近，但最终失败了。31 天时间，我使出了自己全部的力气，用尽我全部智慧，闪展腾挪，然而，我失败了。

直到今天，我依然能记清楚他每一个病情变化，记清楚他每一个化验结果，记清楚我每一个处理措施。我依然记得，最后接近成功时那功亏一篑的挫败和绝望。

患者去世后，家属没有任何意见，患者的孩子跪在地上给我磕了三个响头对我表示谢意。

当他们把尸体接走后，我一个人呆呆地坐在监护室，望着那张空空荡荡的床，筋疲力尽，心力交瘁。31 天，患者一直在昏迷中没有醒来，然而在冥冥中，我总觉得我们是亲密无间的战友，是同生共死的兄弟。

我导师过来，拍拍我肩膀，说："不要难过，你做得很好。"

我低下头，双手掩面，泪如雨下。

谢谢你，陪我赌一把

某年，我接诊了一个从外地转来的危重患者。患者身世很可怜，从小没有父亲，由母亲抚养长大。他长大后倒也争气，自己开了一个小工厂。不想工厂爆炸，他全身大面积烧伤。伤后在当地医院就诊，因为有严重吸入性损伤，病情一直极不稳定，患者全身多脏器衰竭，尤以呼吸衰竭为重，完全靠呼吸机维持呼吸。

大面积烧伤患者一般要求早期去除坏死皮肤，以微粒皮植皮等办法修复创面。但患者由于病情极其危重，难以耐受手术，手术一直没有进行。随着时间的推移，患者全身坏死皮肤开始出现严重感染，导致患者病情一步步恶化。抱着一线希望，家属联系了我们，我亲自带救护车，给患者吹着呼吸机接到积水潭医院。

这段转运的过程极其凶险，患者进入我们重症监护病房不到 30 分钟即出现了心跳停止，经过紧急抢救复苏，患者的心脏终于恢复了跳动。时至今日，我想起此事依然后怕不已，如果这种情况发生在转运途中，以救护车上有限的设备条件，患者极有可能救不过来。

患者情况非常严重，我得和患者母亲做一次深入的谈话。结果我刚一开口，患者母亲一摆手拦住了我说：“医生你不要说了，你要说的那些话我已经听医生说过无数遍了。情况我了解，救不活我不怨你们。但只要有一丝希望，就请你们尽最大努力。费用你不用担心，大不了我把房子卖了。我就这么一个儿子，他残废了，我养着他；他死了，我也不活了。”

我无言以对。

患者当时的情况已经极其危险。患者要想有一丝活下去的机会，就必须立即手术，将患者坏死皮肤去除并妥善覆盖。但是，这个手术损伤非常大，而患者当时已经奄奄一息随时有死亡的可能。

不做手术，必死无疑。而在患者这种身体条件下做这么大的手术，手术过程会极为凶险，极有可能出现医生最怕碰到的局面：患者死在手术台上。医生为什么怕，看看“湘潭事件”就知道了。

就算患者勉强从手术台上活下来，手术本身对患者也会是一个极大的打击，手术后患者病情会在已经极其危重的情况下进一步恶化。患者已经在死亡的边缘，再恶化的结果，极有可能就是死亡。

当然，最幸运的结果，是患者能在医生全力以赴的救治下，顽强地扛过手术的打击。在全身大部分坏死皮肤去除并妥善覆盖后，在滑向死亡的深渊之前，达到那个病情的转折点，并最终得以存活。

我问患者母亲：“赌不赌？”

母亲说：“我赌，我相信你。”

我说：“那我陪你赌。”

手术结束了，患者历经千难万险终于从手术室活着回到了病房。但是，和预期的一样，此后患者全身脏器功能快速恶化，心、肺、肾都已经衰竭，完全靠机器和药物在生死线上挣扎。

那段时间，我和红了眼的赌徒一样，24 小时守在患者身边，操纵着最尖端的各种抢救仪器设备，和死神进行疯狂的搏斗，一次次把患者从死亡线上拉了回来。

你的每一个判断，你的每一个操作，你的每一个医嘱，都可能决定患者的生死。这时候的医生，就是守在生死线上的天使，就是挡在死神面前的勇士。

但是，患者情况依然无法阻挡地不断恶化。某天的凌晨 2 点钟，患者的血氧饱和度缓慢却难以阻止地降到了 85% 以下。85% 是一个重要的关口，再降下去，患者脏器就无法维持最低限度的氧供应，而此时，患者的呼吸机已经被我用到了极限，无论如何调整都没有办法改善了。

我坐在监护室的椅子上，一遍遍地检查我的治疗方案，最后我确信我已经没有办法了。

我默默地拿出一张死亡证明书，将患者全部信息填写完毕，只留下死亡时间一项空白。

当我放下这张死亡证明书的时候，突然听到护士喊："宁医生，患者血氧开始回升了！”

我抬起头，看到监护仪上的数字缓慢却趋势明确地在上升：87、90、92。

患者血压开始稳定，尿量开始增加。

我苦苦等待的转折点，到来了。在距离死亡无限近的地方，死神的镰刀已经碰到了患者的咽喉，但最终擦着咽喉而过。

我们，赌赢了。剩下的，已经难不倒我了。

患者终于恢复神志，拔掉气管套管，宣布脱离危险，转到了普通病房。

母子相聚，抱头痛哭。

我悄悄地到一个无人的角落，擦掉了眼中的泪水。

很多人问我：“做医生你后悔吗？”

不后悔！纵使前路坎坷，有怨，却无悔！

我是医生，我不能放弃救你

这个故事中的患者是一个私企的员工。这个员工跟着现在的老板打天下二十几年，据说跟老板感情很深，也深得老板信任。在企业的一次事故中，全身大面积烧伤，烧伤面积超过体表总面积的 90%。

患者送到医院后，老板和家属流着泪求我一定全力抢救，不惜一切代价：用最好的设备、最好的药物，不要怕花钱。我在保证患者会得到最好的救治的同时，也向他们详细讲解了病情。

这种程度的烧伤，死亡率很高，即使在这样最好的烧伤中心，依然会有很多患者抢救失败。而且，大面积烧伤患者的抢救，是个很漫长的过程，花费也非常高。

大面积烧伤救治的关键是修复创面，但由于患者烧伤面积太大，可用于植皮的自体皮肤极其有限，患者需要经过几次甚至十几次的手术，才能将巨大创面消灭，令患者脱离危险。这一修复创面的过程，需要时间。

而在患者大部分创面没有被消灭之前，患者会始终处在危重的状态。而且，随着患者体能的耗竭，细菌耐药性的增加，以及感染导致的多个脏器持续损伤，患者病情不仅难以好转，甚至在某段时间内还会不断恶化。

某种程度上，大面积烧伤的抢救就是抢时间，一方面我们要想方设法维持患者脏器功能和全身的良好状况，一方面要尽可能快速修复创面。如果修复的速度赶不上恶化的速度，那患者就会死亡。

在单位领导和家属表示充分理解后，我们就投入了紧张的抢救工作。患者病情非常危重，抢救很快变成了一场旷日持久的苦战。

但随着时间的推移和花费的不断增加，患者老板和家属的态度开始逐渐发生变化，对治疗的态度由积极到消极，渐渐开始拖欠治疗费用，态度也越来越差。

其实这种情况我也早有预料。私企与国企不同，国企碰到这种事情，一般是不惜一切代价地抢救患者，而私企老板，则往往有不同的选择。

当最初的慌乱逐渐过去，随着抢救费用的不断攀升和成功的遥遥无期，早先决心积极抢救的老板心态会逐渐发生变化。

从经济的角度，其实患者活下来对老板是最糟糕的结果，大面积烧伤患者往往会有严重残疾，患者活下来，不仅意味着他要支付巨额的抢救费用，还意味着他要负担患者后期整形以及生活的费用。对老板来说，最经济的结果其实是患者早点死掉，他把省下来的钱补偿给家属了结这件事情。

老板的这种心态完全可以理解，但只要家属强烈要求积极救治，老板一般也不敢不配合。但是，如果家属也有了同样的心思，就很麻烦了。对某些家属来说，积极救治，并用后半生时间照顾一个残疾的亲人，还不如放弃治疗获得巨额赔偿。

有了这种心思，他们也不会直接提出放弃治疗，而是通过各种方式来给抢救设置障碍。其中最常见的就是拖欠费用和制造冲突。

当老板不想继续花钱，而家属也态度暧昧的时候，双方的沟通就会变得异常艰难。

患者欠费数额不断增加，在被迫进行的一次约谈中，老板和家属终于撕破脸皮。患者老板对我大声地斥责和辱骂，而家属则坐在一边沉默不语，丝毫没有阻止的意思，只是偶尔伸手去抹一下那根本不存在的眼泪。

"钱钱钱，你们就知道要钱，花了这么多钱，患者情况越来越严重，你们是一帮什么医生，我看你们就是一群兽医！"

"我们做生意的，花了钱你就得给我货；我把钱给你们，你们能保证把人交给我们吗？不能保证，那人死了钱你们给退吗？不给退？你们凭什么不给退？"

"现在你们这些医生还有医德吗？你以为我不知道你们医院有多黑吗？医生的天职是救死扶伤你懂吗？你们这帮黑心医生，都钻到钱眼里了，你们算什么医生？"

"还找我们要钱？我要去告你们！我要去找记者，找报社，去告你们这群'兽医'！"

旁边的护工实在听不下去了，说："你们这帮人讲点良心，宁医生都快一个星期没回家了，天天在这里守着你们这个患者！”

“守着怎么啦？他是医生，他守着是应该的！再说，他舍不得让患者死不就是为了挣钱吗？”

我实在坚持不下去了，我死死咬着后槽牙，控制住自己想狠狠抽他一通嘴巴的冲动，匆匆结束了这次谈话。

回到监护病房，我望着躺在床上尚在昏迷中的患者，两眼含泪。

患者就那么静静地躺在床上，身边的监护仪上闪烁着一排排的数据，所有这些数据，都在我的意料之中。

当你抢救一个患者很长时间时，你就会和他有很深的感情，你会不由自主地把他当成与你并肩作战的战友和兄弟。

兄弟，我知道，你现在很艰难。我知道，你在全力以赴和病魔做斗争。我知道，外面发生的这一切，你毫不知情。

人生，好比一场黑色幽默。

你鞍前马后追随了几十年的老板，现在要放弃你；你相濡以沫几十年的妻子，现在要放弃你。

而现在最想让你活下去的，却是你素昧平生的医生，而你，甚至还不知道我是谁，不知道我长什么模样。

我知道，他们这么做，其实是在等我的一句话，等我告诉他们：患者抢救成功希望渺茫，建议放弃治疗。然后，他们就可以结束这一切，只等在你的葬礼上流几滴眼泪，了却你们这辈子的情分。

但是，这话我偏偏不能说，因为，你真的还有希望。因为，你来到了全世界最好的烧伤科。因为，我有很大的把握让你活下来，而且，让你将来能生活自理，过上有质量的生活。

你的老板可以放弃你，你的家人可以放弃你，你的朋友可以放弃你，但我，不能放弃你。

因为，我是医生，你是患者。

因为，只要有一线希望，医生就不能放弃患者。

因为，自从我穿上这身白衣，我就为今天发生的一切写下了答案。

16 岁那年，当我迈进医学院的第一天，我就和一群和我一样满怀憧憬和热血的少年，举起右手，许下了自己一生的誓言：健康所系，性命相托。

当我步入神圣医学学府的时刻，谨慎庄严宣誓：

我志愿献身医学，热爱祖国，忠于人民，恪守医德，尊师守纪，刻苦钻研，孜孜不倦，精益求精，全面发展。

我决心竭尽全力除人类之病痛，助健康之完美，维护医术的圣洁和荣誉。救死扶伤，不辞艰辛，执着追求，为祖国医药卫生事业的发展和人类身心健康奋斗终生！

护士过来，问我："宁医生，患者欠费超过 10 万元了，到底怎么办啊？"

我淡淡地回答："该咋治咋治，明天我再和家属谈。"

继续努力和疾病战斗吧，我的兄弟。外面的一切，交给我。

当你最终痊愈的时候，我绝不会把今天发生的一切告诉你，你依然会有一个对你感情深厚的老板，一个结发情深的妻子。当然，也许还有一个黄世仁般不断追着他们要钱的无良主治医生。

后面发生的事情，请原谅我不想再记述了，因为我实在不想回忆。不想回忆那一次次的屈辱和伤心，不想回忆人性的丑陋和阴暗。

多少次，被家属气得躲在无人的地方掉泪，接到护士的电话，赶紧擦干眼睛去继续抢救。

好在，一切终于结束了。当患者终于宣布脱离危险后，老板，又变成了感情深厚的老板；妻子，又变成了结发情深的妻子。

根据我的意见，患者脱离危险后直接转回当地医院进行后期康复治疗。对方同意了，大家都不愿意再忍受这种尴尬的气氛。

患者被接走那天，他的老板和妻子来到我办公室，给我带来些土特产，向我表示歉意和谢意。

我礼貌而坚决地拒绝了："救死扶伤是我的本职工作，支付费用是你的义务。我救活了患者，你结清了费用。咱们两不相欠，你不用谢我。"

也许有人觉得我小气，不够大度。但是，我实在大度不起来。

在战场上，你最痛恨的是什么？

不是敌人，而是叛徒。

你们，本该是和我并肩与病魔作战的战友。

你们有权利放弃，有权利撤退，有权利投降，我都不怪你们。

但你们没有权利背叛，没有权利在我和敌人苦苦战斗、努力支撑的时候，在背后对着你们的战友狠狠插上一刀。

我没有权力惩罚你们，但我有权利不原谅。

患者走后，我脱下白大衣，走出科室，走出医院，走到医院后门外的西海边，坐在岸上，万种委屈涌上心头，泪如雨下。

给 26 年前的自己一封信

宁方刚同学：

你好。我是 2019 年的你，也是 26 年后的你。当我接到某朋友的邀请，让我给刚刚成为医学生的你写一封信的时候，我第一反应是拒绝的。可惜那位约稿的美女实在太漂亮了，你知道的，对漂亮女生的要求我一向不会拒绝。

但是，当我打开电脑开始构思，当我一遍遍重温自己这 26 年医路走来的酸甜苦辣，我突然感到，这封信真的很有意义。如果 26 年前的你真的能收到这样一封信，那么，也许你的医生生涯，会多很多光明和欢笑，少很多泪水和阴霾。

收到这封信的时候，你刚刚幸运地从千军万马的独木桥上闯过，离开农村，来到泰山脚下，走进医学殿堂，穿上圣洁的白大衣，举起右手，热血沸腾地宣读了医学生誓言。

那时候，满腔热血和怀揣梦想的你，完全不知道自己选择了一条什么样的道路；完全不知道在未来的几十年里，你要付出怎样的辛苦和心酸。说实话，想想你当年那个傻不拉几的书呆子德行，我都纳闷你怎么竟然坚持到了最后，成了顶级医院重点科室的专家级医生。

首先，请你记住：医学是一条坎坷无比的荆棘路。你要经得起贫寒，耐得住寂寞，受得了委屈。

当你读高三的时候，你老师会经常鼓励你：再坚持一年，等进入大学就轻松了。当你进入医学院之后，你很快就会发现自己被貌似忠厚的高三班主任老师给骗了。整整五年的大学生涯，你必须和高三一样每天埋头苦读。说“一样”，某种程度上也是骗你，就我个人感受而言，你实际比高三时还要辛苦。当你终于读完五年大学进入临床，你会发现已经苦读五年的你对医学依然没有入门。你需要从最简单的视触叩听、切剥缝扎开始进行漫长而艰苦的练习，你需要接受名目繁多的培训和数不清的严苛测试，然后，你才能初窥医学的门径。

等你成为一名能独当一面的医生时，至少也是毕业 10 年之后。在这 10 年期间，你必须每天泡在病房、急诊室和手术室，一遍遍地磨炼自己的技术和思维。你需要考硕士考博士做论文，把海量的文献和知识装进自己的大脑直到可以张口就来，你需要学习各种复杂设备的使用直到能如臂使指，你需要将每一个临床操作重复千万遍直到成为肌肉记忆。

也许有很多技术精湛的医生能凭借出色的医术过上不错的生活。但是，请记住：10 年之内，在你足够优秀之前，这一切都与你无缘，你只能与清贫和寂寞相伴。

好不容易可以独当一面的你，也要做好心理准备。执业环境中要面对人性丑陋的那一面，可能是对你的终极大考。在你成为医生的时候，你可能没有想到，在某个时刻，你或者你的同行，也许会面对情绪激动到失控的患者。你会愤怒，会呼喊；也会委屈，会消沉，你的内心会充满迷茫。当有的同事和同学离开了这个行业，当同行不幸遇上了伤医者，当你自己的身体和精神受到了直接的伤害，你会在痛苦中动摇，甚至想放弃自己的坚守。到那一天的时候，请你，务必坚持住！

因为，当你走过这条艰难的荆棘路时，你就会见到别人永远无法见到的精彩绝伦的风景。

医生，是一个最接近神灵的职业。从来没有哪个行业像医生这样被赋予如此的重任。

我们被授权切开患者的心脏，我们被授权打开患者的颅腔，我们被授权切除患者的脏器，截除患者的肢体。我们的手术刀偏 1 毫米可能就意味着一个患者的死亡，手术中我们手轻微一抖，一个患者说不定就会终身瘫痪。我们在医嘱单上的每一行文字都可能决定患者的生死，因为我们每一个判断都会造就或毁掉患者一生的幸福。

这世上，有多少人能有资格承担这样的责任和托付?

我们会承受无数的痛苦和悲伤，我们有时候甚至会怀疑自己的选择。但是，当你历尽千辛万苦将一个患者从死神手中抢夺回来，当你殚精竭虑将一个本要截除的肢体成功保留下来，当你让一个多年无法行走的孩子重新站立起来……你所获得的，是一种足以让你认为一切付出都值得的欢乐和痛快。那是一种只有医生能享受的，荡气回肠的大痛快!

最后，请你务必热爱你脚下的这块土地，务必相信这个国家会越来越好。

我给你写这封信的时候，我们的共和国刚刚度过 70 岁的生日。你知道我们的国家现在变成了什么样子吗?

我可以告诉你，比起你梦想中最好的情况，还要好。

那时候的你，做梦也不会想到，中国的经济总量有一天会超过日本，赶超美国。那时候的你，做梦也想不到，中国的航母和战机会何等先进和威武。那时候的你，做梦也想不到，中国的一家高科技公司，能够强大到让美国被迫动用全国力量进行打压和封杀的地步。

我记得，那时候你人生的梦想，就是能读一个三流学校的研究生，找一份月薪能超过 1 千元的工作，能有一间可以栖身的平房。那时候，你根本做梦都不敢想，自己有一天，能够拿到北大博士学位，能够到全国顶级医院的重点科室工作，能够在北京安家落户并安居乐业。

请你务必相信，这个国家会越来越好。请你务必相信，你所面对的一切委屈，也都将随着时代的发展逐渐消失并最终被解决。

最后提醒你，不要为自己身材过于瘦弱苦恼，那都是暂时的。

此致

敬礼!

2019 年 10 月 9 日

阅尽千帆，归来依旧少年

我终于结束了 4 个月的病假，回单位上班了。

阔别四个月的白大衣，干净整洁，熟悉而亲切，重新穿在身上，感觉如同钢铁侠穿上了战衣，再次找到了超人的感觉。

“师兄，你总算回来了。”这是师弟、师妹。

“宁老师，你总算回来了。”这是年轻兄弟。

“老宁，你总算回来了。”这是护士姐妹。

“宁医生，你总算回来了。”这是曾经救治过的患者。

“你个混球总算回来了。”这是恩师。

再次穿上白大衣，内心百感交集。

第一次穿上白大衣，是在 1993 年。那一年，尚不满 17 岁的我，告别父母，走进了泰山医学院。在这里，我领到了人生的第一件白大衣。也是在这里，我和自己的同学们一起，举起双手，热血沸腾地宣读了医学生誓言。

那时的我们，深深地被这个誓言感动。我把这个誓言认认真真地抄在自己日记本的扉页上，开始了自己的医学生涯。

一路走来，不知不觉，白衣飘飘，走过了近 30 年岁月。留学东瀛，求学北大，蒙恩师不弃，最终成为积水潭烧伤科的一员。从本科读到硕士、博士，从住院医做到专家。

一路坎坷，其中的酸甜苦辣，不想多说，每个学医的人，都懂。

不知道经过了多少个不眠之夜，不知道经历了多少次惊涛骇浪，不知道经历了多少次淘汰考核，一步一步，走到今天。

如果能一直安安静静地做一个医生，该多好啊。

我真的，只想安安静静做一个医生。

可令我们痛苦的是，我们越来越无法安静地做一个医生。

我始终坚持认为，那身如雪的白大衣，应该是圣洁的，应该是高贵的，应该是被人尊重的。然而，这身圣洁的白大衣，一次次被人踩在脚下，一次次被人踏进泥里，一次次被羞辱和抹黑，甚至，一次次被鲜血染红。

当亲眼看到自己的师长、同事一次次地被羞辱打骂，当看到自己的同行一次次倒在血泊中，当看到某些无耻的造谣媒体一次次地煽动仇恨，当看到某些不作为的执法者面对暴徒袖手旁观时，我终于愤怒得不能自已，终于忍不住拔剑而起，冲上战场。

于是，我成了阿宝。

我战斗，只是想捍卫自己安安静静做医生的权利。

战斗的结果，是自己成了千夫所指，成了众矢之的，成了无数人的眼中钉肉中刺。是自己连累了师长，连累了同事，连累了家人，连累了领导，连累了医院。是自己伤痕累累，众叛亲离。

几年前，我的师妹辞职了。

辞职前，一次我们一起吃饭，她对我说："我很多中学同学都过得比我好。他们收入比我高，工作没我累，更重要的是，他们工作得很有尊严。我不怕苦，不怕累，可我受不了委屈。我从小就是最优秀的学生，我辛辛苦苦读到北大毕业，我做什么养活不了自己？苦我不怕累我不怕，可我凭什么要忍受这些人的辱骂？"

辞职后的师妹，生活得很好，北大毕业的她，随随便便做些什么都可以做得很好。

她不用再值24小时班了，不用再几天几夜连轴转抢救患者了，不用再天天为患者的医保额度报销比例头痛了，不用因为一点鸡毛蒜皮的小事被患者家属各种指责，更不用在急诊时被人无端指责辱骂了。

我也发现，我其实也是什么都可以做得很好。

我业余时间努力经营微博，不知不觉就有了一百万粉丝；

我业余时间认认真真写的科普书，一不小心就获得了央视年度最佳图书提名；我业余时间用心经营的网店，信誉度远超他人。

其实想想，这一切都很合理。

相对于医学而言，其他的那些东西，其实也不算难。

一个能做到顶级科室专家的人，无论去做什么谋生，大概都不会太难吧。

四个月的病假时间，生活难得地安逸。再也不用手机 24 小时不离手了，再也不用没日没夜加班加点了，再也不用为几十元钱的药品该不该报销和人扯皮了，再也不用被人骂被人打了。

很多朋友以优厚条件向我抛出了橄榄枝，希望我能加盟。

但是，我终究还是决定，回到自己的岗位，再次穿上这件已经穿了近 30 年的白大衣。

宁为积水潭边草，不做他乡掌上珠。

因为，1993 年，在泰山脚下，那个 16 岁少年许下的誓言，已经深入骨髓，已经刻入灵魂，已经融入血脉，已经难舍难离。

我乃一迂腐之人。

我非良禽，不知择木而栖。我非栾书，不懂从善如流。

阅尽千帆，归来之际，依旧是泰山脚下，那个 16 岁的热血少年。

医生不是“钢铁侠”

不久前，我平生第一次晕倒在了手术台上。

那几天，被感冒折磨得苦不堪言的我，刚刚值完一个24小时急诊的班，偏偏第二天是我的手术日。

我也不是没动过心思，能不能今天不上手术台了。心里盘算半天，无奈地得出结论：不能。

停掉手术？那患者要多等好几天。请其他组医生代劳？人人都忙得不行而且也不了解患者的情况。

本组唯一有可能替我上手术台的医生，今天要迎接上级的检查，向上级主管部门领导汇报对某公共事件伤员的救治情况。

只能靠自己了。

不过，我也没太当回事儿。行医几十年，带病、带伤坚持工作早已经是家常便饭。除了病得实在起不了床或者被人咬断手指，我啥时候休过病假？

更何况，今天的手术对我而言没有太大的难度。

一切都会和往常一样平安无事，我确信。

然而，当我把第一台手术顺利做到将近结束的时候，我突然一阵头晕，两眼发黑，完全看不清东西了。

我只来得及对下级医生吩咐一句：拿纱布盖住伤口，快叫人来接手。

然后，我挣扎着快速往后退，确保自己在摔倒之前，后背能靠到墙壁。

顺着墙壁，我瘫坐在地上。

我头昏得不行，眼睛也看不清东西，浑身没有一丝力气。但幸运的是，我的意识依然清醒。

那一刻，一个可怕的念头令我感到前所未有的恐慌：我会猝死吗?

两年前，曾经和我朝夕相对的蔡国栋医生，在手术室猝死，他恰巧比我大两岁。

老天爷啊，你放过我吧，我的父母还等我养老送终，我的孩子还没长大成年，银行的房贷我还没还完。

我闭着眼，努力用右手扣住左手手腕。终于感受到那规律的脉搏搏动。

谢天谢地。

事后，我申请了休年假。几天后，我躺在三亚的海滩酒店里，惬意地吹着海风，吃着龙虾。

我终于明白，我已经不再是一个一不怕苦二不怕累的青年才俊，而已经成为一名中年医生。

我曾经以为，自己的身体是铁打的，是永远不会垮的。

当我们走上医疗这条不归路时，我们曾经如此肆无忌惮地挥霍和透支自己的年轻和健康。

记得我刚在北京参加工作那一年，年三十值班，一晚上时间，在处理几十个急诊患者的同时，还收治了三个大面积烧伤的危重患者。

而在值班的前两天，我不小心把腰给扭了，一活动就疼得不行。

我根本没当回事儿，也没考虑跟人换班或者要求上级调班。打上封闭[1]，带上腰托，大大咧咧地去值班。一晚上时间，无数次弯腰起身，每次都疼得龇牙咧嘴。

年三十的班值完，因为三个危重患者需要抢救，我索性住到科里没回家，在患者床边完完整整地过了一个大年。

1 即采用封闭疗法。指将某些特定的药物注射于身体痛点、关节囊、神经周围等部位，可以起到消炎止痛，解除痉挛等作用。

无数次，守在危重患者床边几天几夜不回家。无数次，手术从早晨做到晚上，再从晚上做到早晨。

那时候，总觉得有用不完的精力，有干不完的计划和目标。那时候，连续抢救几天几夜，只要有时间在床上眯两个钟头，就可以立刻生龙活虎继续干。

不知道从哪一天开始，这样的日子结束了。

不知道从哪一天开始，连续工作 24 小时后，不是再眯一小会儿就精力旺盛，而是连续两三天都疲惫不堪。

不知道从哪一天开始，持续十几个小时的手术做完后，腰就会酸痛不已。

不知道从哪一天开始，一次以前根本不当回事的上呼吸道感染，能让我咳嗽一个多月仍然无法痊愈。

不知道什么时候，长期缺乏锻炼的身体长起了啤酒肚。不知道什么时候，自己手里捧起了专属于中年男人的保温杯。

出来混，欠的总要还的。当年你毫不珍惜透支的身体，现在就让你连本带利地还回去。

面对患者，我们毫不吝惜地用高强度长时间的工作一次次透支自己的生命。患者康复时那一声真诚的感谢，令我们一次次自豪和激动不已。

面对家人，我们把最好的东西留给了父母、妻子和孩子。

我们给孩子买最好的奶粉，让孩子上最好的小学，给孩子请最好的辅导老师，自己却能对付就对付，吃穿用什么都不讲究。

面对领导，我们不再顶撞，而是变得恭恭敬敬唯唯诺诺。面对父母，我们不再叛逆，心怀愧疚努力尽孝。

有一天，我们会生出白发。

有一天，面对连续加班的年轻医生，我们会和曾经的前辈一样，发自内心地劝诫他们不要那么拼，不然等中年以后身体会吃不消。然后眼看他们礼貌而敷衍地答应一声，继续为自己的梦想拼命努力。你明白，那就是当年的你。

有一天，我们会断然否决年轻医生大胆勇敢却可能毁掉他医生生涯的治疗方案。然后面对他愤怒乃至鄙夷的眼神冷冷地撂下一句话："再过十几年你就明白了。"你明白，那就是当年的你。

有一天，我们会白发苍苍，情愿或者不情愿地离开自己为之奉献了一生的手术台。部分人会在各种会议上以老专家的身份做各种冗长无趣的发言，而台下的中青年才俊则一边忍着不耐烦、恭恭敬敬地聆听，一边腹诽老爷子已经落后于时代。你明白，那就是当年的你。

最后，你的名字会出现在医院后门一张 A4 打印纸上，医院以尽可能悲痛的语气，向来来往往的职工表达对一个为医院工作了一辈子的老专家的哀悼。年轻的医生会很好奇地问："这老爷子是谁呀？"而老一些的医生则会给他讲述你当年的故事，一般都是你的糗事。

最后，你会化作一抔黄土。运气好的话，会有个墓碑和墓志铭。

我希望我的墓志铭可以这样写：

这里长眠着一个普通的医生

他未因碌碌无为而悔恨

也未因默默无闻而羞耻

他把自己的全部青春和生命

都奉献给了自己最热爱的医学

他度过了平凡而完美的一生

第 2 章

为折翼的你，重新安上翅膀

医生是神，

能够夺天地之造化，改生死之命数。

一把手术刀，能够决定一个人的生死。

一双回春手，能够改变一个人的命运。

我是医生，我傲娇

一次我早上查房的时候，刚做完手术不久的一位 6 岁小美女，郑重其事地送我一件礼物：一个她认认真真用橡皮泥捏的小蜗牛。科里其他医生带着羡慕嫉妒恨的表情起哄，纷纷“责问”为什么小美女那么偏心。小美女噘着嘴不说话，执着地把蜗牛放到我手中。

就在前几天，小美女还是科里有名的小哭包，医生、护士在她旁边一露面，就哇哇地哭个不停。

现在，她终于不哭了，因为她知道自己的右脚终于保住了。

就在不久前，6 岁的她在街上散步，迎面开来一辆拉煤车，当车开到躲闪不及的孩子面前时，司机正在看手机。

制造一场悲剧，只需要几秒钟。而医生和伤者家庭，却需要几周、几月，甚至几年的时间，殚精竭虑，耗尽心血，才能将创伤修复一部分。

在当地医院做了急诊手术处理后，医生告诉孩子的父母，想保住孩子脚的话，就去北京积水潭医院。

于是，在她受伤 3 天后，心力交瘁的父母，千里迢迢把她带到了我的面前。他们对我说："只要孩子能康复，不惜一切代价。"

然而世上有些事，并非不惜一切代价就一定能办成的。

双腿下肢严重碾挫伤，整个右小腿大部分皮肤软组织撕脱，踝关节外侧连关节囊带腓骨被整个碾掉，创面严重污染，关节腔内有大量煤灰。

无论是规章制度还是医学伦理，都要求医生对患者进行充分的病情告知。

但是，当医生久了你就会明白，所谓"充分告知"，很多时候都只是一个努力接近却难以达到的目标。

因为，你永远无法让家属真正理解，这个手术到底有多难。甚至你自己，无论你准备多充分，检查多仔细，在你上手术台前，你都无法确定自己面临的挑战有多大。

不同患者身上同样的一个手术，可能意味着十倍百倍的难度差异。

当年我在普外科工作的时候，同一个病房并排躺着两个阑尾炎患者，手术都是我做的，而且是在同一天。

两名患者，一个手术用了不到30分钟，切口极小，只缝了一针。另一个则做了近3小时，一条长长的探查刀口。

事后，第二个患者很不满意，甚至私下怀疑是不是因为自己没送红包才被我开了那么大的口子。

其实他想多了。

他的阑尾位置有严重变异，本该在右下腹的阑尾，跑到了上腹部胆囊旁边，手术中我历尽千辛万苦才好不容易找到阑尾。

孩子的手术，做得相当不轻松。

网上曾有外科医生发过一个关于手术的笑话：医生在台上谈笑风生，眉飞色舞，这意味着手术轻松顺利，一切尽在掌握之中；医生不那么活泼，但仍然时不时和麻醉医生、护士聊几句天开几句玩笑，这意味着有些小意外，但还能轻松摆平；如果医生极度严肃，除了必要的手术讨论外没有一句废话，那意味着今天碰到难啃的硬骨头了；如果医生神情沮丧地放下器械，拿纱布盖上伤口，让护士叫上级医师上台，那就是手术实在太困难，确实搞不定，要请上级来看看还有没有机会，大概率要放弃了。

孩子的手术做了整整一上午，其间整个气氛极其严肃紧张，除了讨论手术情况，没有一个人说一句废话。

手术中，我数次拿纱布盖上伤口暂停手术，犹豫要不要放弃。最终又一次次下定决心，再努力一把。

当手术终于成功结束时，我长吁一口气，浑身一松，一身汗如洪水开闸，瞬间打湿了手术衣。

走出手术室，家长急切地问手术是否成功。

我淡淡说了句还行，轻吹口哨离开手术室，留给家属一个高冷而潇洒的背影。

家属和患者永远不会知道，在手术台上医生经历了什么，孩子经历了什么。也永远不会知道，医生曾经距离失败有多近，以及失败对孩子未来的人生意味着什么。

他们只知道：我来到了医院，医生给做了手术，孩子康复了。

但那有什么关系。

6 岁的小姑娘，也许什么都不懂。但她知道自己以后依然可以走路的时候，终于停止哭泣，破涕为笑。精心用心爱的橡皮泥捏一个小蜗牛，送给给她做手术的医生。

对医生而言，还有什么礼物，比这更珍贵呢？

高考结束后，我一再动员优秀的孩子们报考医学专业。

有人骂我：“劝人学医，天打雷劈。”我回复说：“哥在渡劫，准备飞升。”

医生这个职业，又苦又累，收入不高，还时常被人打被人骂。

但是，这个职业，很傲娇。

这个职业，可以夺天地之造化，可以改生死之命数。可以逆天改命，可以一刀下去，彻底改变一个人的命运。

才不近仙不可为医，德不近佛不可为医。这是太阳底下，最傲娇的职业！

我是医生，我傲娇！

那只令我心碎的手

这只手，属于一个 9 岁的女孩，她叫瑶瑶，来自云南昭通。

云南昭通共有 11 个区县，其中竟然有 10 个是国家级贫困县。

贫困是烧伤发病的高危因素。前几年，一篇发表在《烧伤（Burns）》上的文章以翔实的数据明确指出：儿童烧烫伤发病率与家庭收入水平和教育程度呈明显负相关。也就是说，越是贫困和教育程度低的家庭，儿童发生烧烫伤的风险越高。

瑶瑶在 1 岁多的时候，左手被热水烫伤，创面经过治疗愈合了，但原来的皮肤已经被破坏，形成了严重的瘢痕。

在瘢痕刚刚形成的时候，家长并没有过于担心，觉得不就是难看一点吗？没有什么。然而，事情远比他们想象的严重得多。

瘢痕会带来很多问题，其中最大的问题之一就是：瘢痕无法和其他组织一起正常生长。

孩子在不断地长大，而瘢痕，无法生长。

其结果，就是瘢痕对周围组织包括皮肤关节和骨骼的牵拉越来越严重，最终导致关节畸形、骨骼畸形，神经血管等都发生继发性的改变。最终，变成这样一个令人触目惊心的状态。

瑶瑶才 9 岁，其生长发育并未停止，如果没有医疗干预的话，畸形还会继续加重。

解决的办法，并不复杂。只要在瘢痕的牵拉发展到一定程度之前做一个简单的松解手术，就可以阻断瘢痕对关节的牵拉，让孩子的手正常发育，避免畸形。

但是，这个手术应该在关节出现严重畸形之前做，只有这样，才能取得最佳的矫正效果，让孩子拥有一只基本正常的手。在畸形已非常严重，关节、骨骼、肌腱、神经、血管都已经出现继发性改变后，虽然医生依然可以通过手术最大限度地改善外观和功能，却已经无法让这只手完全恢复正常。

我第一次见到瑶瑶的手时，是我应邀赴昭通参加中华儿慈会 9958 救助中心的“9958 宝贝别怕”意外伤害儿童救助项目“乡村疤痕儿童筛查义诊救助活动”时。一千个家庭报名了活动，最后共筛查了近 500 名瘢痕贫困儿童，有 100 多名需要手术治疗。瑶瑶是其中之一。鉴于其畸形已经非常严重而且若不及时松解会继续加重，我把她的优先级别列到了最高。

后来，瑶瑶在 9958 救助中心的资助下来到北京积水潭医院。之后，我为她完成了瘢痕松解植皮手术，畸形基本得以矫正。但是，后期还需要漫长的抗瘢痕治疗和功能锻炼，由于手指常年处于畸形位置，在畸形矫正后，她需要重新适应和训练。而且，在她年满 18 岁生长发育基本停止前，有可能需要再次做手术松解。

我最大的遗憾是，瑶瑶已经错过了最佳的手术时机。她的手术，应该在几年前畸形尚未发生或者尚不严重的时候做。如果那时候做手术，手术的难度不会那么大，手术损伤会更小，而且可以让手的发育不受影响，畸形完全矫正，功能完全恢复正常。

但是现在，无论医生怎样努力，限于现代医学的水平，有些事情，医生已经无力回天了。

瑶瑶的家乡，几年前就已经有了新农村合作医疗，治病的大部分费用都可以报销。然而，需要自付的部分和外出就医的交通食宿，对这个贫困的家庭依然是一个很大的负担，于是最终一直拖到现在。

瑶瑶长得非常漂亮，也非常乖巧。从住院到现在，无论麻醉还是做手术，她从来不哭不闹，听话得令人心痛。大部分的时候，她一个人在病床上安安静静地看书，学习。

如果没有慈善机构的干预，瑶瑶的残疾会一步步地继续加重，成为她今后人生道路上巨大的包袱和负担。

要改变一个人的命运，有时候，只需要一次手术、一笔数额不大的费用。

我出生在农村，一路走来，上大学，读博士，留北京，最终成为全国顶尖烧伤专科医院的专家。虽然谈不上大富大贵，但至少丰衣足食。

我曾以为，贫穷是可以战胜的，只要穷人发奋努力，就可以摆脱贫穷，过上富足的生活。

甚至，我曾经以为，在中国这个经济飞速发展机会多多的国家，如果一个家庭依然贫穷，那只能是因为他们自己不够努力。

我后来明白我错了。

努力，有时候并不能战胜一切。我之所以能有今天，固然是由于自己的努力，却也是因为自己毕竟拥有健康的身体和受教育的机会。如果没有这两点的话，我一切的努力，都毫无意义。

这世上最可怕、死亡率和致残率最高的疾病，是贫穷。

当贫穷遭遇重大疾病时，对绝大部分穷人来说，再多的努力都已经没有意义。

负重前行，前提是重量你能负得动。当重量达到一定的程度，没有人能够站得起来。

瑶瑶很勤奋很努力，也很乖巧听话。然而，在她仅仅 1 岁的时候，疾病就在贫困之外给她背上了另一个沉重的枷锁。如果仅仅是输在起跑线上，那努力或许可以补救。如果已经输在起跑线上又不得不背负一个沉重的枷锁和别人一起比赛，那赢的希望，是何等的渺茫。

在昭通，所有的工作都由没有报酬的志愿者承担。

我也没有报酬。在参加完活动后，我给基金会捐了一千元钱，数额不大，略表心意。

在昭通，我听到了好多志愿者的故事。

有一个志愿者，多年前因为孩子有白血病，家庭极度困难。9958 的志愿者拿着箱子每天在街头为他募捐，才让孩子得到了及时妥善的治疗。幸运的是，孩子痊愈了。

摆脱了疾病困扰的家庭终于可以勤劳致富了，孩子的父亲经过多年努力，开了一家运输公司，摆脱了贫穷。

每次 9958 组织活动，孩子父亲都放下业务，过来免费做志愿者，并定期给 9958 捐款。

还有一个父亲，孩子也得到了 9958 的救助，遗憾的是，孩子没有救过来。

他家庭现在也不宽裕，但是，只要 9958 有活动，他就和上一个孩子的父亲一样跑过来帮忙。而且定期从自己微薄的收入中拿出钱来给 9958 捐款，去帮助其他孩子。

9958 这次义诊行动的具体合作执行团队，是昭通志愿者组织“海星行动”。

这个名字来源于一个故事：

有人在海滩上，捡起搁浅的海星往海里扔。有人笑话他：“这海滩上有无数等死的海星，你这么做有什么用呢？”

他回答：“对我手里的这个有用。”

希望更多的孩子，成为获救的海星。希望已经输在起跑线上的贫困孩子们，能摆脱疾病的枷锁，轻装前行，去追逐自己的梦想。

要改变一个人的命运，有时候，只需要一次手术，一笔数额不大的费用。

（文中“瑶瑶”为化名）

生而为医，全力以赴

在我骨折后休养期间，我接到了陈岚从美国发来的问候：“阿宝，你现在好吗？”

我说：“好个啥啊，骨折先保守治疗了1个月，结果没长好。不得不做了切开复位固定，现在术后六周了复查，还没长好，还得再养不知道多长时间。现在一边领着基本工资在家休病假，一边等主管部门对我的处分，你说我能好到哪里去？”

陈岚沉默了一会儿，说：“我给你发几个视频和照片吧，看了你心情会好一些。”

视频和照片中，一个小男孩在高高兴兴地玩手机、踢足球。

陈岚说：“还记得咱们一起救活的这个孩子吗？这是小轩，现在快3岁了。”

这个孩子，我当然记得。从医生涯中，我数不清自己曾经救活过多少小轩这样的患者，但是，他们每一个我都记得。小轩，也是其中一个。

2016 年 7 月 24 日，小轩仅仅只有 6 个月大的时候，他的母亲发现他喜欢听电吹风的声音，就把一个开着的电吹风放到了他的身边。几分钟后，电吹风引燃了床铺，小轩被火焰吞噬。当家人发现的时候，他的半边身子都已经烧焦了。

6 个月大的小轩，瞬间跌到了地狱的门口，全身 50% 体表面积严重烧伤，面部烧毁一半。

此事被媒体报道后，我在心里快速为他设计了一套抢救方案。我这么做完全是出于职业的敏感，完全没有想到，在不久之后，这个孩子会来到我面前，把自己的生命和未来交托到我的手上。

伤后的小轩被送到当地医院，到医院的时候，孩子已经发生了休克。医院给了及时的抢救治疗。但面对巨额的救治费用和不到一半的生存机会以及未来的严重瘢痕残疾，孩子的家人退却了。

之后，陈岚的救助团队找到了他们，承诺负担所有救治费用和后期恢复费用，经过竭力的劝说，家人决定继续治疗。

然后家人带孩子来到了北京的一家医院，然而由于种种原因未能住院，家人于是准备再长途跋涉把孩子带到上海治疗。

那天晚上，我正在值夜班。在深夜，我接到了陈岚的求助电话。

那时候，我和陈岚并不是很熟，她已经精疲力竭，走投无路。

我说：“别急，我来帮你想想办法。”

我们医院是成人医院，原则上不收治婴幼儿。于是在凌晨时分，我拨通了北京朝阳急诊抢救中心大领导的电话：“朱院长，有个 6 个月大的重症烧伤婴儿现在在北京街头无处可去，请您务必帮我个忙把孩子收下，费用可能得暂时先欠着，容我们以后再想办法。”

几个小时后，夜班结束，我匆匆赶到孩子所在的医院，第一次站到了小轩的面前。

纵然见过无数的人间惨剧，我还是不禁为之动容。

他那出生仅仅 6 个月的弱小身躯，一半已经成为焦痂。由于呼吸道烧伤，他的颈部被切开，在气管内置入套管以维持呼吸道通畅。他的面孔已经面目全非，肿胀的嘴唇闭合困难。

没有呼吸机的支持，长时间没有治疗，孩子送达医院时已经生命垂危。

但是，他依然在呼吸。他用尽全身残余的力气，艰难地，但是顽强地呼吸着。

这个弱小身躯内顽强的灵魂，在用每一个眼神，每一个动作，每一个挣扎，向这个世界呐喊着：我要活下去！

放心吧，小轩。我会让你活下去的，如同无数我抢救过的患者一样。

我会为你挡在死神的前面，用自己的双手阻挡住试图收割你生命的镰刀。

我会守护在你身边，让你那已经奄奄一息的生命之火，再次燃起。

让我们一起加油吧，小轩！

手术成功。

此后，孩子以大约每周一次的频率，进行了多次手术。

在一次次手术中，他身上坏死的皮肤被一刀一刀切掉，他头部的皮肤被一刀刀削下来植到身体的创面上，他身上的创面一点点被移植过来的皮肤修复……

每一次他的手术，都是我主刀。每一次他的手术，都是我挤出自己的休息时间进行。从头到尾，我都没要过一分钱的诊费。每次发现有记者在场，我就从后门直接进手术室，做完手术再从后门悄悄离开。

我把小轩的遭遇发到了网上，为他筹集了八万多元的治疗费用。其他的数十万元费用，一部分由陈岚团队募集，一部分由朝阳急诊抢救中心减免。

在网上，有网友留言问我："烧伤这么严重的孩子为什么要救呢？他未来的人生多悲惨啊。"

我回答说："我们都是凡夫俗子，我们不是律法也不是神灵，我们没有权力去裁决一条生命该不该消失，我们也没有能力去预言一个人的未来是否悲惨。"

对于医生而言，我们唯一要做的就是：全力以赴，尽力而为。

小轩出院的时候，陈岚说："你来送送他吧。"

我说我就不去了，我不喜欢仪式，也不喜欢告别，更不喜欢记者。最重要的是我还有别的患者需要治疗，我没有时间。

再见吧小轩，以后你的人生，会有很多的磨难。我可以挽救你的生命，却无法帮你战胜这些磨难，愿你今后的人生能够平安喜乐。

（文中"小轩"为化名）

为折翼的你，重新安上翅膀

有一次，从来不接受患者宴请的我，应患者邀请参加了一个热闹而隆重的宴会。宴会上，一直滴酒不沾的我，破例开怀畅饮，喝了不少红酒，直到半醉。

这是一个 18 岁孩子的成人礼。而我，曾经是这个孩子的主治医生。

我和他的第一次相逢是在某年的除夕夜，那天，我值烧伤科一线急诊班。

除夕，一个安乐祥和的日子，却是急诊医生的梦魇。那天，很多烟花爆竹伤及火灾烧伤的患者，涌往北京积水潭医院烧伤急诊室，急诊患者数量飙升至平时的三倍以上，其中有很多危重患者。

那天，从接班开始，我就进入了疯狂的战斗模式，几乎连喝一口水的时间都没有。那天晚上，仅危重的大面积烧伤患者，就收治了三人。

他就在这个时候，被心急如焚的父母，千里迢迢从湖北带到了积水潭医院，带到了我的面前。

那一年，孩子只有 9 岁，被父母带回老家过年。孩子在玩耍的时候，不慎掉入了一个没有任何标示的烧石灰的窑坑里。当孩子拼命从里面爬出来的时候，已经成了一个火人。从脚踝到腰部的全部皮肤，包括会阴和臀部都成了一片焦痂；头面部和上肢也有不同程度的烧伤。幸运的是，他的一双质量极好的运动鞋竟然没有着火，保住了他的双脚。

在当地医院做了必要处理后，除夕那天，孩子父母紧急坐飞机把孩子送到了北京积水潭医院，这里有全国最好的烧伤科。

于是，这个孩子，来到了我的面前。

当看到这个孩子的时候，我的第一反应是立即联系手术室安排急诊手术。

因为，孩子的双脚已经濒临坏死。

孩子受伤后的肢体，随着时间的推移不断肿胀，而坏死的皮肤已经成为没有弹性的焦痂，紧紧地勒着不断肿胀的组织；不断增加的组织张力压迫着血管，最终会导致远端肢体因失去血运而坏死。

当孩子经过长途跋涉来到我面前的时候，双足已经苍白冰凉，必须立即切开焦痂减轻张力，否则孩子就会失去双脚。

然而，那天晚上，所有的急诊手术室全部爆满，做手术的话，必须要等。

孩子的脚已经等不起了，我咬牙决定在床旁进行局麻手术。局麻的效果肯定比不上全麻，孩子难免会有一些疼痛的感觉，而且孩子年龄小，不像成年人知道配合，很容易出现各种问题和纠纷。

我把手术同意书摆在孩子父母面前，做了必要的解释，让他们赶紧签字。孩子的父母似乎难以接受刚进医院就要手术的局面，有些犹豫。我大声说："很抱歉我没有太多时间向你们解释了，你们只需要明白一点，现在我们每晚一分钟，孩子的脚就距离坏死又近了一步。"

父母没有再问任何问题，把字签了。

然后，在孩子的哭声中，我以最快的速度切开了下肢的焦痂。手术的效果立竿见影，孩子苍白冰凉的双脚立刻变得红润温暖，坏死的风险解除了。

然后，我走出重症监护室，向在外面听着孩子的哭声泪流满面的家长，全面交代了孩子的病情和治疗方案。他们哭着回复了我一句话："宁医生，我们相信你。"

大面积烧伤患者的救治，是一个漫长的过程。这个过程，对于患者和家属，都是炼狱般的煎熬。

从大年初一到大年初五，我住在病房里，完完整整过了一个大年。

对于这样一个孩子，仅仅把他救活是远远不够的。

作为医生，我们不仅要让他活下来，还要最大限度地恢复他的外观和功能，让他活得有质量，让他尽可能过上正常人的生活。

为此，医生必须不断地做出各种权衡和取舍，在最大限度地保证生命安全和最大限度地保留功能避免残疾之间，竭尽全力寻求最佳方案。

孩子身上的坏死皮肤通过一次次手术被清除，从头上取下的皮肤被做成微粒皮和邮票皮一次次移植过来，不断地修复他的创面。

这个过程对孩子和家长都绝不轻松，每次创面换药的时候，孩子都哭得死去活来，需要医生、护士反复地安抚。后来我想了个办法，拿出自己新买的 PSP（掌上型游戏机）对他说："只要你换药的时候不哭，叔叔就把 PSP 送给你玩。"结果他换药时真的没有哭，换完药后拿着 PSP 一边抹泪一边玩弹球。

经过一两个月的治疗，孩子的创面终于初步愈合，开始功能康复锻炼。这又是一个艰难的过程，他必须艰难地重新学习坐起，学习站立，学习行走，锻炼屈膝，锻炼下蹲。每一个正常孩子可以轻而易举完成的动作，他都要艰难地重新学习。

凭借父母的坚韧和孩子的坚强，他终于重新站了起来，再次学会了走路。

此后，是一次次的整形修复和功能重建手术，在连续几年时间里，每隔一段时间，孩子就要到医院进行一次手术，整复各种粘连和挛缩，矫正功能障碍和修复外观。

到后来，孩子对医院像自己家一样熟悉。每次来住院都熟门熟路，还会经验丰富地给新住院的其他患者指点迷津。他会告诉患者：“别给宁医生送红包，宁医生肯定不收。你们千万别和护士吵架，宁医生最恨别人骂护士……”

冬去春来，晨钟暮鼓。

九年时间，悄然过去。

当年风华正茂的宁医生，现在已经成了大腹便便的油腻中年人。而当年的孩子，现在已经成年，长成了高大的帅小伙。

现在的他，已经过上了和正常孩子完全一样的生活，可以跑步，可以蹦跳，可以打篮球，据说还有了女朋友。

而我很荣幸，在他 18 岁的成年礼上，成为最尊贵的客人。

很多人曾经问我：“医生是一群什么人？”

我说：“医生，是一群承担了神一般责任和期许的凡夫俗子。”

医生是人，是凡夫俗子，医生也有七情六欲，也有悲伤愤怒，也有脆弱委屈，也有儿女情长。

每一个孩子，都是来到人间的天使。

9 年前不幸折翼的你，已经重新安上了翅膀。

愿你在未来的人生中，展翅翱翔！

第3章

愿你们被这个世界温柔相待

我们总是在无休止地强调：医者仁心。

可是，我们是否忘了去保护好医者的善良？

我们是否忘记了去保护为善者不受伤害？

我们是否忘记了让为恶者受到惩罚？

为众人抱薪者，不可使其冻毙于风雪，

请保护好医者的那份善良。

愿你们被这个世界温柔相待

2017 年 7 月 11 日，国家卫计委办公厅、公安部办公厅、国家中医药管理局办公室联合印发文件《严密防控涉医违法犯罪维护正常医疗秩序的意见》(以下简称《意见》)，针对涉医暴力违法犯罪案件中屡次暴露的问题提出了切实解决办法，其中包括：

卫生计生行政部门、公安机关应当将涉医违法犯罪行为人纳入社会信用体系，依法依规施行联合惩戒并通报其所在单位。卫生计生行政部门、公安机关应当建立涉医违法犯罪案件处置督办通报机制。涉医违法犯罪处置的考核评价工作由上级部门组织，并将医务人员、患者对维护医疗秩序工作的满意度纳入评价体系。

继医闹入刑之后，在打击涉医暴力的制度建设方面，中国再次迈出了艰难却有重大意义的一步。

与此同时，各地政府和警方在医闹问题的处理上，也终于开始出现了一些变化。

2017 年 4 月，在经历了极其艰难的工作后，衡阳医闹头目、退伍军人谭某被刑拘。为打击涉医暴力，衡阳警方在出警流程等方面做了大量改进，衡阳猖獗多时的医闹风气受到极大遏制。

2017 年 7 月 11 日，在《意见》出台的同一天，鸡西市人民医院持刀挟持护士的杨某某被警方当场击毙。

2017 年 8 月，山东惠民医闹事件处理结果公布，除追究医闹法律责任外，医院被勒索的 30 万元赔偿款被追回，公安局长被免职，另有多名领导受到不同程度的处分。对警方和政府领导的追责，是开天辟地第一回。

2017 年 8 月底，陕西临水医闹事件处理结果公布，医闹被追责，赔款被追回，相关警方和政府领导被依法追责。

我国医生工作环境的彻底好转，可能还需要漫长的时间，但是至少，我们已经开始看到一些曙光。我们已经开始渐渐地看到一些积极的变化。

这一切的一切，是无数人共同努力的结果，我很骄傲，因为这里面有我的一份微薄之力。我很欣慰，因为我所做的一切，我所付出的代价，包括和大家一起度过的那些艰难的日子，并非没有回报。

有很多次，有很多人，曾经真心实意地劝我：“你做这些有什么用呢？这个社会就是这个样子，你一个人就算拼了命，能改变什么呢？你说你到底图个什么呢？”

我图个什么呢？

我姐姐家的孩子，学习成绩非常好，一直是县重点中学的前几名。两年前她高考结束报志愿的时候，毅然决然地选择了医学专业，她告诉我姐姐：“我要做一个舅舅那样的好医生。”

当姐姐把这消息告诉我的时候，我在电话里面很长时间不知道该说些什么，最后我说：“学医又苦又累，你让她做好心理准备吧。”

就在她进入医科大学不久，广东陈仲伟医生和山东李宝华医生相继被杀。在李宝华医生被杀后不久，她给我发了一个微信：“舅舅，我们宿舍的同学都很害怕，我也很害怕。”

我当时感觉心如刀绞，不知道如何回答。

我的孩子，现在在上初中，虽然离高考还远，但他对医学的喜爱和向往，也已经非常明显。

2016年，医疗自媒体联盟成立，作为发起人之一，我在大会上发表了演讲。我讲了姐姐家孩子的故事，我说：“中国医务人员，处在一个艰难的历史时期。在某种程度上，这个艰难时期可能是中国社会发展到一定程度后无法避免的阶段。如果历史注定由我们这代医生承受这些苦难，那么，我希望，我们努力让这种苦难在我们这一代终结，让我们这代医生独自把它承担下来，而不要留给我们的孩子和后辈。不要让暴力摧毁他们的梦想，不要让屠刀砍断他们的翅膀。”

讲到这里的时候，我不得不做了一个停顿，不是为了观众席上的掌声，而是为了强忍住眼中的泪水。

孩子们，为了你们这代人的白大衣不再染血，为了你们这代天使不再折翅，我们，要努力为你们改变这个世界，让它变得更美好，变得更温暖，变得更阳光。

愿你们和你们身上的白大衣，能被这个世界，温柔相待。

无论我做的一切多么微不足道，但我在改变这个世界。

无论这种改变多么微小，但这个世界，在变得更好。

蝴蝶的翅膀，可以掀起飓风。指尖的力量，可以改变世界。

孩子，为了你们，我要努力和无数叔叔、阿姨一起，让这个世界变得更好。

这个世界是我们的，也是你们的，但终究是你们的。

当你们拥抱这个世界时，愿你们能被这个世界温柔相待。

请保护好医者的那份善良

之前我在网上看到一名年轻的医生郁闷地讲述了一件自己的经历，并困惑地问道："下次碰到这种情况，我该怎么办？"

事情是这样的，那天在北京西城广外医院，一个男性家长和一个老年女性家长抱着一个 2 岁左右的男童走进诊室，没挂号，要求大夫查看患儿左侧腕关节处疼痛问题。

由于医院没有儿科，医生告知其应去儿童医院就诊，患儿家长哀求请医生先看一下。鉴于患儿年纪较小，且不停哭闹，善良的医生同意了。

他通过详细问诊及查体，判断该患儿应该是桡骨小头半脱位，并不是家长说的腕关节疼痛，并给孩子做了手法复位。复位过程顺利，患儿哭闹停止，患肢活动自如。

医生详细解释疾病原因并告知日后注意事项后，告诉患者家属去大厅补挂一个急诊号（挂号费 70 元），并交处置费（60

元），患者家属一口答应后离开诊室。

20 分钟后医生仍不见患儿及家属，询问挂号处值班人员，被告知，患者家属去挂号，在得知急诊挂号费 70 元后，家属扔下一句："你们什么破医院，抢钱呢？" 然后转身走了。

这种事情，其实在中国门诊、急诊并不罕见。急诊，是涉医暴力和医患纠纷最高发的科室。因为急诊的环境，是可以把人性的丑恶激发到极点的地方。瘾君子、醉鬼、打架斗殴的流氓，都是急诊的常客。而这种看病之前苦苦哀求，动辄下跪，病好连 130 元钱的辛苦钱都不肯交，翻脸大骂医生黑心的人，更是比比皆是。

这位年轻的医生问："我该怎么办？"

他可能还没有意识到，当医生面对的是善良的普通百姓的时候，他怎么做都对。而当医生面对刁难不配合的患者时，他永远无法做出正确的选择。

你让他先挂号后看病，你是没有医德；你看病后让他挂号，那是你没有良知。你让他先缴费后处置，那是你勒索；你让他先处置后缴费，那是你抢劫。你救治时和他谈费用，那是你丧尽天良；你救治完再和他谈费用，那是你侵犯了他的知情权。

在这位医生的遭遇中，问题的关键不在于他做了什么选择，而在于他碰到了什么人。

事实上，如果他坚持先收费再治疗，可能会给自己带来更大的麻烦和困扰。那样的话，家属十有八九会大吵大闹，骂黑心医院坐视孩子痛苦不堪见死不救。如果惊动部分媒体写一篇《患儿关节脱位痛苦不堪　医生检查不交钱不给复位》的报道，那医院和医生将更苦不堪言。

同样是先治疗后收费，这位医生的遭遇比武汉的某位同行幸运多了。

几年前，一起《男子因手术费不够　手指缝好后被医生拆线》的新闻报道轰动了全国。报道称：一个进城务工人员工作中手指被割伤，到武汉某著名三甲医院就诊。因为无力支付昂贵的手术费用（1830元），想先交1000元，其他的第二天再缴，被医生拒绝并强行拆除缝合好的手术切口。患者后来到另一家医院花了不到一半的钱（800元）再次缝合。

这篇报道被各大媒体竞相转载，掀起了对唯利是图、丧尽天良的黑心医院和黑心医生铺天盖地的讨伐。当事医生也受到了严厉处分，几乎断送医生生涯。

这篇报道出来之后，作为一个在急诊一线工作多年的医生，我一个字都不相信。

原因很简单：患者打工的餐馆和医院就一墙之隔，伤者属于工作受伤且有人陪伴，整个就诊和手术处理过程时间不短，完全有足够的筹款时间，1800 元也并非巨款，不太可能是真因为没钱才不缴费。而且，医院对于确实经济困难无力缴纳费用的患者有相应的处理办法和流程，一个在一线工作多年的急诊临床医生绝不可能是第一次碰到患者欠费，他只要上报值班领导处理即可，绝不至于为几百元钱做出这种事情来。

就在不久前，我在一个很偶然的机会听到了事情的另一个版本，这个版本我没有考察取证，不敢保证准确，但可能反映了媒体所没有报道的细节。

我了解到的事情经过是这样子的：

这名患者在一个餐馆打工，夜间工作中不慎受伤，来到了一墙之隔的武汉某著名三甲医院就诊。医生见伤口较深，可能损伤深部组织，于是向他和同伴交代了伤情和手术风险，以及可能的费用，患者及店方人员均无异议。在患方签署手术同意书后，医院紧急为患者安排了手术。

手术探查发现，患者手指两根肌腱断裂需要修复，按照国家标准，治疗费用 1830 元，医生一边在患者未缴费的情况下进行修复手术，一边让护士通知陪同的店方人员去缴费。

然而，餐馆老板和其他多名店方人员，先是磨磨蹭蹭不肯缴费，进而称医院乱收费，大吵大闹说缝一个伤口明明几十块钱就够了。最后竟然发展到几个大男人围着年轻的护士各种侮辱谩骂，言语不堪入耳。

在这里我补充一句：按照国家规定，工伤既不能走新农合也不能走医保，而应该走工伤保险。餐馆作为雇主应该给雇员买工伤保险，如果没有买的话，员工出现工伤后，治疗费用只能由雇主支付。

也就是说，在这起事件中，应该缴费的不是患者，而是他的老板。这起冲突的根源，是老板不肯支付他的工伤治疗费，而不是什么打工仔付不起医疗费。

医生做完手术离开手术室后，发现餐馆老板不仅没有去缴费，反而和几个人在侮辱谩骂年轻的值班护士。医生很生气，将护士护到身后，亲自和患者交涉，反复讲明了收费依据，要求餐馆老板去缴费。

结果餐馆老板摆出一副我就要耍流氓的劲头，挑衅医生："反正我们就是不交钱，有本事你把线给他拆了。"

这时候，皮球被踢到了患者这里。

患者是工伤，老板必须支付他的医疗费用。餐馆就在一街之隔，现场有多人在场，没有可能凑不出1830元的手术费用。店方根本就不是后来对媒体所说的钱没带够，而是他们根本就是舍不得给受伤员工交钱。

一边，是为了不耽误伤情而选择先手术后收费，在深更半夜刚刚精心为他完成了手部肌腱修复手术的医生。

一边，是嫌手术费贵不肯给他支付医疗费用，完全罔顾他的身体健康要求医生拆了缝线的老板。

患者该如何选择呢？

如果他选择支持医生，老板不敢不付钱；如果他选择支持老板，医生将无计可施。

天理！良心！

结果我们都知道了，他选择了站在拒绝为他支付费用的老板一边，举起打着石膏的手对医生挑衅说："我们不交钱，我们不治了，你给我拆了吧。"

医生终于被彻底激怒了。

为了不耽误患者伤情，他先治疗后收费，没有因为费用问题影响患者的治疗。为了患者的康复，他半夜三更精心细致地在手术台上为他修复了肌腱。

而现在，这个刚刚被他精心修复了肌腱和伤口的患者，和老板一起，举着刚刚被他修复的手向他恶意挑衅："我们就是不交钱，有本事你给我拆了。"

他在极度的伤心和愤怒下做出了可能是一生中最错误的一次决定：他拆掉了患者手部缝线。

当然，本着一个医者的良知，他仅仅拆掉了皮肤缝线，没有拆掉刚刚精心修复的肌腱缝线。这却又成了医院乱收费的罪证。

由于肌腱已经修复，患者后来在其他医院只是再次缝合了皮肤伤口，收费 800 元。后来餐馆老板和某些媒体义正词严地质问:“为什么别的医院只收 800 元，你们却收 1830 元？”

后面的事情，大家都知道了。

明明是店主不肯支付雇员的工伤治疗费用，在某些媒体那里却变成了打工仔付不起昂贵的手术费被医生强行拆除手术缝线。

真正丧尽天良的，成了圣洁的白莲花。真正善良的，成了十恶不赦的魔鬼。

当事的医生，后来受到了极其严厉的处分，职业生涯几乎断送，在一年多之后，才终于有机会再次拿起手术刀为患者服务。

我不想替他辩解什么。

无论如何，在他愤怒地拆掉患者缝线的那一刻，他确实突破了医者的伦理道德底线。那一刻，他成了魔。

可是，纵然法无可恕，是否情有可原?

是什么，让一个善良的医生失去了理智，在那短暂的一刻入了魔？

我们总是在无休止地强调：医者仁心。我们总是在无休止地教诲：德不近佛者不可为医。可是，我们是否忘记了保护好医者的善良？我们是否忘记了保护为善者不受伤害？我们是否忘记了让为恶者受到惩罚？

请保护好医者的那份善良。

我们需要的是活着的医生，不是殉职的英雄！

2018年2月15日，安徽省六安市裕安区卫生和计划生育委员会发出通告，在全区医疗卫生系统开展向方培虎同志学习的活动。

方培虎医生是丁集镇中心卫生院外科骨干。2017年12月15日，方培虎医生值班，一直忙碌到第二天零点42分才得以躺在值班床上休息，然后，他再也没有醒来，年仅31岁。

在卫计委的通告中，有几句话，令人心碎和鼻酸。

"因积劳成疾，不幸于2017年12月16日凌晨在值班岗位上因公殉职。"

"勤勤恳恳，兢兢业业，任劳任怨，默默奉献。"

"始终坚守岗位，不管白天黑夜，只要有手术，总是冲在第一线。"

在医患关系如此紧张的社会，需要这样的好医生。但我们也因这样的医生而感到悲痛，这既是其家庭的灾难，也是社会的损失。

方培虎并不是唯一一个积劳成疾的医生。

在医疗行业，因为积劳成疾而倒下的战友，已经太多了。

就在裕安区卫计委向方培虎学习的通告发出仅仅 2 天后，连云港第一人民医院，我们又倒下了两位战友。

2018 年 1 月 27 日上午，儿科郭佳丽医生连续参与三个重症患儿的抢救后，突然倒在患儿床边，诊断为脑室出血，抢救后安置在神外 ICU[1]，此时她的孩子只有 2 岁。

2018 年 1 月 27 日中午，儿内科年轻规培医生陈龙突然倒下，确诊为脑炎，后在 ICU 抢救。在此之前，他已经多日连轴转，不分白天黑夜吃住在医院。几天前他就出现了发烧、头痛、头晕等症状，但一直在坚持工作。

在倒下之前，他们已经在人体的生理极限上高强度地工作了很长时间，他们每人每班要看 200 名患儿，几乎是在拿自己的命去换取患者的健康。

1　重症监护病房。

他们比方培虎幸运，因为抢救及时，两人的性命保住了。但是，一个脑室出血，一个脑炎，以后还能不能继续医生职业生涯，能不能再继续穿着白大衣救死扶伤，尚无法断定。

再往前，在2017年，几乎每个月都有医务人员猝死的报道：2017年1月9日，石河子市人民医院一名麻醉科医生，在值班过程中猝死；2017年2月10日，河北省某县医院的一名39岁的医生“发生猝死”，曾连续24小时上班；2017年3月27日，江阴某医院麻醉医生邓某猝死家中，年仅25岁；2017年4月16日，南宁市中医院吴医生猝死在医院停车场，不到30岁；2017年5月10日，临沂市平邑县中医院外一科副主任彭英雨突发疾病猝死，年仅37岁；2017年6月10日，上虞市人民医院骨科罗斌主任值完夜班后倒在了小区地上……

他们每个人，都是父母的子女，都是配偶的爱人，都是子女的父母。

在单位是一根草，在家里是一片天。

对于旁观者而言，他们只是陌生的名字。对父母、爱人、子女而言，他们的倒下却无异于天塌地陷。

培养一个优秀的医生并不容易。

一个优秀的医生，需要5年的本科教育，再在上级医生指导下经历5到10年的磨炼，才能够成为一个优秀的足以独当一面的医生。

方培虎医生今年 31 岁，刚刚开始步入职业生涯的黄金时期，他本可以用此后几十年的医生生涯，去救助无数的患者。

他的英年早逝，是个人的不幸，是家庭的不幸，是医院的不幸。

同时，也是患者和国家的不幸和损失。

而造成这种不幸和损失的根源却是令人心碎的四个字：积劳成疾。

我们沉痛悼念方培虎医生。

但是，我们不能仅仅停留在悼念！

救死扶伤需要的是活着的医生，为 14 亿老百姓提供医疗保障靠的不是死掉的英雄！

比悼念死者更重要的，是反思，是追问，是亡羊补牢，是努力让这样的悲剧不再重演，是让医生们能够好好活下去为老百姓治病！

2014 年，《北京青年报》曾针对医生过度疲劳展开过一次调查。

该调查显示，在参与调查的医生中，八成医生中午休息不超过半个小时，甚至不少人午饭及午休时间只有 10 分钟；近八成医生每天工作 8 至 12 小时，几乎所有医生都曾连续工作 24

小时以上，半数人曾连续工作超过 36 小时，约有两成医生甚至曾连续工作 48 小时以上。

我们医务人员的身心健康有没有得到充分的保障？他们有没有足够的休息时间？他们有没有定期体检？他们有没有带病工作？他们有没有过度疲劳？他们有没有积劳成疾？

如果我们医生们的身心健康长年地、大范围地、普遍地得不到保障，那么，谁应该为此承担责任？问题又该由谁负责解决？又该如何解决？

如果我们只知道悼念和学习，而不知道反思和追责，那么，这样的悲剧会一次又一次发生。优秀的医生们要么倒下，要么离开。医疗行业将人才凋零，后继无人。全国人民的健康将无法得到保障。

这不是危言耸听，儿科急诊那长长的候诊队伍，就是最清楚的证明。

我们的人均 GDP 已经突破一万美元的大关，我们早已经脱离了一穷二白的贫困年代，我们本不该让那么多的医生“积劳成疾”，不该让那么多的战士倒在战场！

我们需要的是活着的医生，不是殉职的英雄！

医生，没有你想象的那么坚强

2017 年 9 月 21 日，山东某著名医院麻醉科，一名年轻的麻醉专业规培医生将麻醉药物推入自己的静脉，结束了自己年轻的生命。

与常人理解的不同，麻醉医师的职责不仅仅是镇痛，还需要在手术中确保患者的安全，是一个责任重于泰山的专业。然而这个专业注定要做默默无闻的幕后英雄，当外科医生因为完成了一台高难度的手术而被鲜花和掌声包围的时候，为他们保驾护航的麻醉医师的功绩却很少有人知晓。

这是一个每天都在和死神搏斗的专业，这是一个时时刻刻以保证患者生命安全为自己首要任务的专业。

然而，一个年轻的麻醉医生，用本该用于救人的技术，结束了自己年轻的生命。

据说，他死前在朋友圈留下了遗言："下辈子再也不做医生。"

这句话刺痛了全国医务人员，尤其是年轻的规培学员。同时，也刺痛了我。

我知道，他真的很想做一个好医生。我知道，他曾经付出了人生最美好的年华，去努力做一个好医生。

去世的这位医生姓董，他的亲姐姐也是这家著名医院的麻醉科医生。

董医生本科就读于山东某医学院的麻醉科，2014 年，他大学毕业，以社会人员身份来到这家著名医院麻醉科参加规培，在医院度过了 3 年的规培生涯。目前，董医生这样以社会人员身份在这家医院规培的学员，待遇约为每月 4700 元。

由于种种原因，董医生连续两次参加执业医师考试都没有通过，今年他再次参加了执业医师考试，成绩尚不知晓，规培也被延期。不久前，董医生个人感情生活也出现了波折，和女友分手了。

或许，是这些接二连三的打击击垮了董医生的生存意志，他把自己关在麻醉科的一个房间内，给自己静脉注射了丙泊酚。

有人说，他去世前留下的那句话，是对医生生涯的控诉和愤怒。

我却觉得，他其实一直在努力做一名优秀的医生。那句话恰恰是他在自己行医生涯和个人生活受到重大挫折时的伤心、失落甚至自责。

网上很多情绪化的声音，把董医生的悲剧简单粗暴地归咎于医院甚至归咎于规培制度，这并不公正。然而从另外一个方面，我们也确实需要反思一下：对这些几年、十几年后要支撑起整个中国医疗的年轻学员，对这些含辛茹苦的孩子们，我们是否关心得不够?

规培制度对中国而言尚属一个比较新的制度。这个制度从建立到推广，经过了艰难的磨合过程，现在规培制度已经逐渐进入正轨，但是依然有大量的问题需要解决。

但直到今天，很多规培学员依然对规培制度极其抵触。董医生的悲剧发生后，网上规培学员的激烈反应和言辞未必理性，却在很大程度上反映了这个群体——至少是这个群体一部分人——对现状的愤懑和不满。可以说，中国很多规培学员的心态现在极其脆弱，这种状况如果不尽快改变，董医生的悲剧并非没有重演的可能。

作为一个过来人，其实我对规培学员的心态有切身的体会。

十几年前，我考取北大医学部外科临床研究生。北大医学部当年对临床研究生的培养模式和现在的规培制度几乎完全一样。在报到的第二天，就去临床科室参加住院医师轮转培训，白天几乎连轴转做临床工作，晚上和周末还要去医学部上课修学分，此外还要抽时间做课题写论文。其节奏之紧张令人几乎喘不过气来。

医院经常要加班，为了能赶上晚上的课，经常连晚饭都来不及吃，一下班就拼命往学校赶。运气好的时候上课前能就着矿泉水吃块面包，运气不好的时候只能饿着肚子听完课再回医院宿舍吃方便面。

北医系统的临床工作压力大家是可以想象的，碰上肝移植之类的大手术，从早晨八点半做到第二天凌晨两三点也是常有的事情。整整十几个钟头不吃不喝，下了台还要先处理完患者，然后骑车回到宿舍，用已经冰凉的开水泡方便面充饥，勉强睡两个小时，然后就赶紧起床骑车去医院，早上 7 点钟左右赶到科里，准备第二天的早查房。

轮转手外科的时候，3 天一个 24 小时急诊，在急诊手术室从早上 8 点一直干到第二天早上 8 点，然后回病房去处理患者并参加白天的常规手术。回到宿舍还得抽时间看书查文献。

我也不知道自己是怎么熬过来的，我只能庆幸自己熬过来了。

我考取研究生的时候已经成家了，我在北京，每月学校和医院的补贴加起来有几百元钱。老婆是名普通护士，带着刚出生的孩子在山东，用她一个人微薄的工资供养着孩子和父母，还时不时需要补贴我一下。

那段岁月，不堪回首。

我大概每月回一次家，那时候没有高铁，回一次家要坐 7 ~ 12 小时的火车，而且大部分时间买不到坐票。我一般周五忙完一天的工作后，晚上坐一晚上火车回家。在家里陪孩子两天，然后周日晚上再坐一晚上火车回北京，直接到科室参加交班。

有一次，孩子高烧不退，而我要赶火车回北京。儿子哭着拉着我的手不让走，我只能一边掉眼泪一边把他的手掰开。那天回北京的车上，我一直在哭。

回到北京后，我找到我的导师，告诉他我想退学。

那时候，我真的觉得自己坚持不下去了。幸运的是，在师长、朋友、家人的帮助下，我终于渡过了难关，坚持了下来。

我想，年轻医生在成长的道路上，像我这样经历过悲伤、困惑，乃至于对自己的选择发生动摇甚至准备放弃的，应该绝不是个例，而是相当的普遍。

年轻医生，尤其是研究生和规培学员，是一个心态特别容易出问题的群体。因为，医学是一条荆棘路，这条路，太苦了，太痛了。

一方面，医生的培养周期特别漫长，在别的专业已经能够经济独立的时候，很多年轻医生还在学习和成长的路上。

另一方面，临床医生的成长极度依赖实践训练，外科尤其如此。要想培养一个优秀的医生，必须进行高强度长时间的反复训练。这导致年轻医生的成长过程极其辛苦。

与此同时，医疗行业的特殊性决定了医院和上级医生对年轻医生的要求极其严格。作为一个面对生死和健康的行业，医疗追求的是零差错。而且越是高级别的医院要求就越严格。面对下级医生的错误，上级医生很少有和颜悦色的时候，往往会给予非常严厉的批评。这种严厉，其实是对年轻医生的关爱，也是对患者的负责。但这同时也会给年轻医生造成巨大的压力。

最令人不忍的是，有一些年轻医生在付出了多年的青春时光和巨大的努力之后，依然无法通过执业医师资格考试，被迫出局。这很合理，但也很残忍。

漫长的培养周期，高强度的劳动，窘迫的经济条件，再加上严苛的要求和管理以及涉医暴力的泛滥，年轻医生群体压力之巨大可想而知。这种压力一旦叠加工作和生活中的重大挫折和打击，就很容易出现极端的心态和做法。

成长中的年轻医生，是中国医疗界的未来。但同时，他们也是整个医疗体系中精神压力最大、心态最容易出问题的群体。

每个人都是凡夫俗子，每个人都有脆弱的时候。

脆弱的时候，他们需要医院、师长、家人，以及社会，给予充分的理解、帮助和支持，帮助他们渡过难关。

但遗憾的是，在我们现有的培养模式下，对年轻医生的心理问题明显关注不够。董医生的事情，或许属于极端特例。但对处境有诸多怨气和不满，甚至心态失衡、表达极端的年轻医生，尤其是规培医生，绝非个别。这是一个需要引起高度关注的问题。

医生，没有你想象的那么坚强。

我们，应该为他们做点什么。

我是个医生，不是神

在谈这个话题之前，我想先讲几个故事。

第一个故事，发生在20世纪50年代末期的美国明尼苏达大学，一个年轻的医生给一个7岁的孩子做心脏手术，那时候的心脏外科手术在明尼苏达大学刚兴起不久，是一个比较新的专业。

手术过程中，这名医生不小心误伤了心脏壁，大量的鲜血顿时喷涌出来。这个医生立刻慌了手脚，采取了错误的处理措施，试图用止血钳钳夹止血，结果反而扩大了心脏的破口。上级医生急忙上台抢救，但患者依然不幸死亡。

这个年轻的医生害怕不已。他的上级问他："你在这件事中学到什么没有？"他回答："我应该用手指压迫止血，再做后续处理。"

上级医生说："很好，这就够了。明天的手术，依然由你来主刀。"

这位年轻医生的名字叫伯纳德，他后来成了心脏外科历史上赫赫有名的心脏外科大师级医生，拯救了无数患者的生命，并完成了人类历史上第一次心脏移植手术。

第二个故事，发生在医疗剧《豪斯医生》中。豪斯医生有一个非常优秀的得力助手叫蔡斯。蔡斯与父亲关系一直很差，父子长期不来往。但有一天，蔡斯得知自己的父亲去世了，心中非常难过，魂不守舍。这时候，一个患者找他看病，他没有仔细询问就给患者开出处方，导致患者出现严重不良反应。豪斯医生想尽办法最终也未能挽回患者的生命。

事情被发觉后，一个委员会对此进行了调查。最后认为：蔡斯虽然犯有严重过错，但是考虑到当时他刚得知父亲死讯，难免出现情绪波动和判断错误，只给了他很轻的处分，并没有剥夺他的医生资格。

第三个故事，发生在 2009 年。一代天王迈克尔 · 杰克逊，在他位于洛杉矶荷尔贝山租赁的住处逝世。事后的尸检结果和调查表明，迈克尔死于私人医生违规给他使用的强效麻醉剂异丙酚。

异丙酚是一种强效的快速全身麻醉剂，有引起呼吸停止的危险，需要由具备麻醉和重症监护资质的医生使用，使用时需要备好抢救设备，而且需要密切观察。

迈克尔的私人医生穆里是一位心脏医生，不具备使用异丙酚的资质。在迈克尔长期失眠且一般药物无效的情况下，他在一无资质二无抢救设备的情况下违规给迈克尔使用了异丙酚，且使用后没有进行持续观察而是离开了房间。这直接导致了迈克尔的死亡。

2011 年 11 月，迈克尔 · 杰克逊的私人医生康纳德 · 穆里过失杀人罪名成立，被判入狱 4 年，服刑 2 年后获释。

这三个故事中，医生的差错都导致患者死亡。但是，对三个医生的处理完全不同。第一个医生没有受到任何处罚，第二个医生受到了轻微处罚，而第三个医生被追究刑责。

医疗是一个特殊的行业，每天和重症打交道的医生和科室，更是天天和生死打交道。对很多专业来说，一刀成人一刀毁人不是夸张，而一只脚在医院一只脚在法院，也是很多医生面临的现实的痛苦和无奈。

医生是最不能出错的行业，一台十几个小时的手术，可能因为一针没有缝好，一刀没有切好，一个结没有打好而前功尽弃。所以一个优秀医生的培养，需要最少十几年的时间，需要个人十几年如一日的执着努力。

但医生，又是一个不可能不出错的行业。时至今日，医生这个行业依然极度依赖医生的天赋和经验。而医生毕竟不是机器，也有七情六欲，也有喜怒哀乐。他们也会有感情纠葛，也会有买房压力，也会操心孩子上学，也会恼怒烦躁，也会心浮气躁，也会像蔡斯一样悲伤难过，也会像伯纳德一样张皇失措。

没有人能一辈子永远保持在最佳的状态。所有的医生都会出错。如果医生出一次错就要被剥夺资格，那么这世上就没有医生了。

当他们出了错，我们该怎么办？

在我看来，我们应该首先以人的标准，来看看这个过错是否可以原谅。

我们回过头来看看这三个故事：

第一个故事中的伯纳德所犯的错误，是完全可以原谅的。我这么说，站在患者的角度可能难以接受。但是，一个医生在危急情况下镇静自若的心态，是在无数的实践中历练出来的。作为一个年轻医生，碰到这种情况出现短暂的慌乱是完全可以理解的，而在这种危重情况下，几秒钟的慌乱足以造成患者死亡。

你也许会说，既然有这样的危险，为什么不让已经磨炼出来的医生来做手术。当然，我们希望每个患者都得到最优秀专家的治疗，但这在现实中不可能。专家会不断地老去，而我们需要新的专家不断成长起来。如果他们始终没有磨炼的机会，那么医学又如何传承和发展呢?

我们只能在年轻医生成长过程中给予尽可能的监督和指导，尽量缩短他们的成长周期。

伯纳德遇到的这种情况，我们无法苛责。因为这样的错误无关责任心，无关职业操守，因为这种短暂的慌乱完全是人之常情。任何人都不能保证比他做得更好，任何人都不能保证不犯这样的错误。

在第二个故事中蔡斯所犯的错误，比伯纳德要严重。他在魂不守舍的情况下未按照标准要求认真询问病史，导致了患者最终死亡。但是，他刚接到父亲的死讯，心情有波动和起伏，出现判断的错误也是人之常情。

在当时的心境下，他不适合从事复杂的手术操作或其他高难度的治疗。但这种简单的门诊处置，他以为凭自己的丰富临床经验不会出现大的问题，不想阴差阳错，出现了意外。

这样的案例，如果出现在国内，是如何处理的呢?

事实与很多人认为的相反，国内的医疗事故处理不是太宽松，而是太严苛。唯其太过严苛，才造成了很多医院出现纠纷时会想方设法用尽一切力量逃避责任。其实，很多时候医院在乎的不是钱，而是医生。一个优秀医生的培养实在太难了，很多基层医院科室的骨干就寥寥两三人。医院要想尽办法保护自己的优秀医生。

而因为一次失误断送一个优秀医生的前途，对患者，对社会，真的好吗？

这样的医疗事故处理，表面上有利于患者，其实是一个双输的局面。

在第三个故事中，医生的错误是不可原谅的。穆里可以说是一个毫无医德毫无操守的医生，在迈克尔·杰克逊的金钱面前，他放弃了做医生的全部底线，滥用现代医疗技术和药物，一味地迁就和满足患者。迈克尔·杰克逊不想戒除药物依赖，他就给他提供各种他需要的药物。迈克尔·杰克逊想睡觉，他就给他使用催眠药物。普通催眠药物无效，他就违规使用异丙酚，最终导致了患者的死亡。

这种错误，是医生最基本道德操守的丧失，而其造成的后果，是极其严重的；这种行为被追究刑责，不会有医生反对，相反，这会对医疗行业的自律起到正面的作用。

不久前，一个北京医生和一个福建医生被控医疗事故罪。

对于事情的前因后果及具体情况，我并不清楚，也不便做任何点评。

我只想说两点：

第一，医生应该尊重法律。我们不能在医闹闹事的时候呼吁一切走法律渠道，而当我们面对法律指控的时候却不能接受正常的法律程序。

走上法庭不等于有罪，某种意义上，如果我们无罪，那法庭恰恰是我们证明自己清白的地方。我们应该相信自己会得到公正的处理，如果初审不公正，我们还可以上诉。

第二，法律在面对医疗问题的时候，应该充分考虑医疗的特殊性。医生是一个面对生死的行业，但医生毕竟是人而不是神，医生会犯错，我们在评判医生错误性质和程度的时候，应该以人的标准而不是以神的标准，不能放纵，但亦不可太苛刻。

在对那些不能宽容的错误问责和处罚的同时，我们应该宽容那些情有可原的错误。如果我们把犯错和犯罪等同起来，那将会置那些优秀的医生于一个危险的境地，并最终导致医生和患者的双输。

污名化受害者，无异于加害者的帮凶

这世上有些道理，只是听起来似乎有道理。

夏天到了，地铁和公交车的“咸猪手”和性骚扰话题，又不知不觉成为关注点。部分媒体又在凭着自己的想象去传授防色狼秘籍，这些秘籍千篇一律，都有以下内容或类似内容：“着装要低调，不要穿那么暴露，不要浓妆艳抹，那只会勾起一些人的不良企图，而且怀有这些企图的家伙，级别都比较低。比如有些姑娘，就喜欢穿得跟个足球宝贝似的，走到街上，就成了目标。”

也就是说，在这些人眼中，女孩子之所以被骚扰，首先是自己的问题，是自己不够检点不够自重，穿着过于暴露性感，引起了色狼的冲动。

在这些人眼中，女孩子被性侵，首先是自己的原因，是你主动去勾引男人。而侵害者只是没有抵挡住你的勾引而已。

这种逻辑的广泛存在，也恰恰是很多被骚扰乃至被性侵的女性选择忍气吞声的重要原因。一旦她们选择奋起反抗，就会遭到“为什么不骚扰别人偏偏骚扰你”这样的指控。

这种对受害者的污名化，是色狼得以猖獗的重要原因之一，也是色狼最喜欢的自我辩解方式。

而事实上呢?

是穿着暴露性感、性格火辣张扬的女士容易被性侵？还是穿着保守朴素、性格懦弱怕事的女士容易被性侵?

很多人想当然认为是前者，但事实恰恰相反。

色狼一点都不傻，他们在实施侵害前，会仔细观察侵害对象，评估自身风险。

他们在选择侵害对象的时候，一般会避开那些穿着暴露性感、性格火辣张扬的女士，而去选择那些穿着保守朴素、性格懦弱怕事的女士。

因为在公交车上伸出“咸猪手”的时候，前者会毫不客气地一个大嘴巴抽过去，而后者往往选择忍气吞声、委曲求全。

被伤害是因为受害者刺激了侵害者，这种逻辑是错的。

这种逻辑，是在为施害者开脱，是在给受害者施压，这种对受害者的污名化，是违法犯罪分子最喜闻乐见的事情。

正是这种污名化，使得受害者在反抗和追责的时候理不直气不壮，使得违法犯罪分子气焰嚣张。这种言论，无异于是加害者的帮凶。

如同医闹问题。医生是有编制有单位有身份的人，医院领导是有上级有组织的人，对于医务人员和医院领导，有的部门会让他们妥协让步。医务人员不会撒泼，不会吵闹，不会上访，不会把自己孩子扔在派出所，不会让老头、老太太去派出所哭闹，更不敢在事后报复警察。

而医闹呢？有的患者家属可以聚众闹事，可以围堵政府，可以制造种种让警方头疼不已的麻烦。

在这种情况下，个别部门罔顾国法，罔顾公安部等九部委三令五申的严打医闹指示，在医院和医务人员受到伤害时袖手旁观，置身事外，对医闹的违法犯罪行为装作视而不见，甚至逼迫医生和医院向医闹妥协，做出了最利己的选择。

这一点，和色狼专找保守朴素、懦弱怕事的女士下手，而不敢招惹那些暴露性感、火辣张扬的女士是一个道理。

随着自媒体的兴起，这些做法最近有点不太好使了。尤其是医生自媒体人越来越多，每次碰到医闹事件，他们敢于公开质问部分行为不端的警察，令这些警察恼羞成怒又无可奈何。某些警察面对涉医暴力的不作为，毫无疑问是一种违法渎职的行为。但是，就像《水浒传》中的贼寇打家劫舍都要举着替天行道、劫富济贫的旗号一样，这些警察一定会给自己的行为找个合理的理由。

于是，很多医务人员作为医闹的受害者，被长期地污名化。

污名化医闹受害者的方式，就是把医闹的责任推给医生和医院，就像把性骚扰的责任推给受害女性一样。

其中一个方式是，说医闹是因为患者维权的渠道不通畅导致的，难道真是这样的吗？

其实，中国早已经建立起了规范完备的医疗纠纷解决机制。患者目前解决医疗纠纷有三个渠道：与医院直接协商、由医疗纠纷调解委员会调解和向法院直接起诉。

目前为止，最常用的渠道是由调解委员会调解，2015 年中国调解医疗纠纷 7.1 万起，调解成功率 85%，成功化解了 60% 的医疗纠纷。其余的部分，与医院直接协商解决和通过司法途径解决各占一半。

换句话说，中国的绝大部分患者，都是理性守法的，也都通过正常渠道为自己讨回了公道。而选择做医闹的，只是其中极少极少的一部分。

那么，这些选择做医闹的，有几个是在上述渠道走不通，或者走完之后自认没有得到公道的前提下才闹的？

没有！几乎所有的医闹事件，医闹方都拒绝走任何正常途径，而是直接选择以暴力谋求巨额赔偿。

你走都不肯走，凭什么说渠道不通畅？

所谓的渠道不通畅，无非是违法犯罪分子强词夺理的狡辩罢了，无非是打家劫舍的强盗高举的替天行道的大旗罢了。还有些人说，中国医患纠纷是因为没有独立的第三方仲裁机构。其理由是医疗事故鉴定是同行给同行鉴定，医生既当运动员又当裁判员。

我就纳闷了，全世界所有的专业技术问题，哪一个不是由同专业的专家来鉴定？难道我们应该让木匠来鉴定医疗事故，让飞机设计师来鉴定家具质量，让医生来鉴定飞行事故？

难道只要是同行就是一伙的？中国几百万医务人员全是一伙的？面对同行的医疗过失，医生不会同行相轻，不会落井下石，也不会秉公办理，而是必定会互相包庇？

中国的医疗鉴定专家，都是精挑细选、没有任何不良记录的高级专业人员，都是随机抽取，专家不得与被鉴定者有利益牵连，家属可以要求自己认为不合适的专家回避，专家要回答家属的提问质疑，要签字画押对自己的鉴定结果负终身的法律责任。

所以是同一专业就必定不公正，这种荒谬绝伦的说法是错误的。

我们回顾一下中国这些年著名的恶性医闹事件，几乎没有一起恶性医闹事件是当事医院有严重过失的。我们回顾一下中国这些年的恶性杀医事件，几乎没有一起事件，是当事医生有严重过失的。

还有人说，正规途径时间长、代价高，老百姓负担不起成本。

医疗纠纷的三种解决渠道中，有快有慢。对于那些争议不大的纠纷，不难解决。而对于双方争议巨大，无法取得共识，需要走法律途径的医疗纠纷，涉及的问题往往极度复杂且高度专业，同时又关系到患者的切身利益、当事医生的职业前途，以及医生的声誉。其鉴定和解决，自然是需要极其慎重仔细的，也注定是需要时间的。

所以最后，还是希望各位患者家属和有关部门、媒体，以及广大社会群众，不要污名化受害者。

外科医生的手

2011年9月15日，同仁医院咽喉科主任，年仅43岁的徐文医生被暴徒袭击，头部、背部以及左臂等部位被砍17刀。据说，重伤的徐文医生2天后在重症监护室醒来后，问的第一件事情就是："我还能做手术吗？"

2015年6月5日，福建省立医院五官科主任，59岁的李瑞玉医生被暴徒袭击，手臂多根肌腱断裂，职业前途未卜。

看到这种消息，作为一名外科医生，我心疼得无以复加。

第一次真正和外科亲密接触，是在大学上外总操作课[1]的时候。我至今清楚地记得第一次触摸外科器械时那种难以言传的奇妙感觉，那一把把刀钳剪镊，仿佛自己久别重逢的老友一

1 学生通过动物手术来练习一些外科的基本操作技术，如：切开、止血、分离、结扎、缝合、拆线等，也叫外总实验课。

般，拿在手中是那么舒适和亲切。第一节课结束以后，我对我的舍友说：“如果人真的是有前世的，那我前世一定是一名外科医生。这辈子，我一定还要做外科医生，做顶级的外科医生。”

时光荏苒，当年不知天高地厚的稚嫩少年，已经成了在全国顶级科室工作的一名合格的外科医生。回望自己走过的这条道路，实在有太多的感慨。

我曾经接诊过一名大面积烧伤后全身多处瘢痕增生挛缩的患者。在我这里治疗了一段时间后，因为离家太远实在不方便，决定回当地医院继续下一步的治疗。结果没多久患者又回来了，坚决要求在我们医院继续治疗。问他原因，他说：“你上次给我眼睛做的手术，从进去到出来不过 1 小时。我看我们那里医生做个一模一样的手术，整整折腾了 3 小时，效果还远不如我的好。你的手比他们巧。”

“你的手巧”，这几乎是对外科医生最高的赞美。外科医生有个常用的词叫“练手”。一名优秀的外科医生必定需要一双巧手；而练成一双巧手，并非易事。

我实习参加的第一台手术是乳腺癌根治术，主刀的主任用一把锋利的手术刀紧贴腋部的重要血管神经进行淋巴结清扫，刀片在血管神经之间上下翻飞，看得我惊心动魄，因为我知道哪怕有半毫米的偏差，刀片就会损伤重要的血管神经，造成无法挽回的后果。

从那一刻起，我也体会到了做一名优秀的外科医生有多么难。切剥缝扎，四个听起来很简单的动作，一个外科医生要训练几十年的时间才能做到炉火纯青滴水不漏。一个复杂的手术中，这几个动作可能要做几十、几百次，只要其中有一次失误，就可能导致无法挽回的后果。

传颂两三千年的庖丁解牛算什么，你见过手外科医生给 1 岁的孩子缝合细如发丝的血管吗？贝克汉姆举世无双的任意球算什么，你见过神经外科医生如何在脑部精准地切除肿瘤吗？马拉多纳的盘带过人算什么，你见过心脏外科医生如何一步步纠正法洛氏四联症畸形吗？乔丹的精准远投算什么，你见过普外科专家的胰腺十二指肠联合切除手术吗？

外科大师都有一双巧夺天工的妙手。

当年做实习医生的时候，有多少同学豪情万丈发誓有朝一日要成为出色的外科专家。那时的我们寻找一切机会练习自己的外科操作。我们赔着笑脸找护士姐姐讨要术中废弃的结扎线，在宿舍里面认认真真地练习打结，我至今记得晚上几个同学都蹲在床上一声不吭，双手上下翻飞打结的场景，每个人的蚊帐杆上都有一大堆打好的线结。打完之后几个人还要互相检查，看谁的外科结最标准，谁打的是不合格的滑结（不结实，容易滑脱，结扎血管会有危险）。

那时候每次上台我都认认真真仔仔细细地跟上级医生学习，期望手术结束的时候老师能天恩浩荡让我做几个简单的操作，比如缝合皮肤。记得有一次老师让我缝了几下肠管，回去后在同学羡慕的目光中得意扬扬地炫耀了好几天。

大学毕业后，我如愿以偿做了外科医生，然后就开始了漫长的练手生涯。为了多些锻炼的机会，自己掏钱买了对我并不便宜的 BP 机[1]，不论是否值班，只要有急诊手术，我 24 小时随叫随到。为了锻炼手的稳定性，我买了笔墨每天练习写毛笔字，直到自己双手稳如磐石。因为喝酒宿醉之后双手感觉比较迟钝，我索性彻底戒酒。

有一次，中学同学聚会，一个中学时和我关系非常铁的同学见到我之后拉住我的手狠狠一捏，这种在他看来很普通的恶作剧令我当场勃然变色。外科医生的手，就如同飞人刘翔的腿，绝对不能受伤。

外科医生的成长之路艰难而漫长，因为你面对的是活生生的患者，手术不是游戏，失败后可以重启。外科医生的成长需要实践，但培养外科医生的同时，却又要绝对地保障医疗安

1 无线寻呼系统中的被叫用户接收机。

全。每一个外科医生，都要在上级医生的严密监控下，从最简单的手术开始，一点点地积累经验，一步步地成长，从最简单的手术到最复杂的手术，可能需要十几年甚至几十年的时间。在手术室里，最年轻的外科医生缝皮肤，最资深的专家缝心脏，这几厘米的距离，有时候一辈子都无法跨越。

当年雄心勃勃要成为顶级外科医生的同学，绝大部分都没有成功。

一名外科医生，只要足够勤奋，通过反复的练习，成为一名普通的合格医生是不难的。但若要成为出类拔萃的医生，则不仅要有三更半夜悬梁刺股的勤奋，还要有出类拔萃可遇不可求的天赋。

如果你想要成为一名徐文或者李瑞玉那样的医生，还需要顶级外科专家常年的悉心培养，需要一个顶级医疗平台提供足够的锻炼机会，需要你比已经勤奋到变态的同事更加勤奋，需要你比聪明到逆天的同事更加聪明。

医疗行业等级森严，但这种森严的等级是建立在责任和技术之上的。一个医生手术做不下来，可以找上级；上级依然做不下来，可以找更高的上级；而科主任，就是最后一道防线。当难题交到你这里时，你无路可退无人可找，只能自己扛下来。

这也就是为什么科主任的水平就代表科室的水平。基本上每个外科科室的主任，都是该科室手最巧的外科医生；双手巧不到数一数二，把你放到主任的位置你也无法立足。

徐文，北京顶级的同仁医院咽喉科主任。李瑞玉，福建省立医院五官科主任。都是中国顶级的医生，都有一双万中无一的巧手。

一双能完成无数高难度手术的巧手，一双能够济世救人的巧手，一双万里挑一的优秀医生的巧手。练出这双巧手，需要几十年；废掉这双手，却只要几秒钟。

毁掉这样一个医生的手，毁掉的是无数患者的希望；毁掉的是个人、师长、医院数十年心血的结晶。毁掉这样一个医生的手，是我所能想象的这世上最残忍的事情。

2012 年 9 月，坚强的徐文主任经过顽强的努力和漫长的康复，再次走上了手术台。当我看到这个消息时，我忍不住流下了眼泪。

我与徐主任素不相识，但我知道，重新拥有这样一双举世无双的巧手，是我们医疗界的幸运，是这个国家的幸运，也是老百姓的幸运。

请爱护医生那双手吧，那双手能夺天地之造化，能改生死之命数，能起死回生，能救死扶伤，那是我们所有人的共同财富。

请接受这些不完美

曾有一篇报道，某位女士在医院产下一子，不料儿子出生时右手畸形，缺手指。于是她和丈夫认为，医院没有尽到其应尽的职责，导致残疾胎儿得以生产，侵犯了原告的健康生育选择权，给原告夫妇造成了严重的精神和经济负担，也给婴儿的生活造成极大的不便和精神痛苦。于是夫妇俩将医院告至法院，此次诉讼夫妻俩将儿子作为第三人。

这篇报道中涉及的医学问题，我不想过多解释了。事实上，绝大部分医院在检查单上，都有这种提醒和告知。

在这起案件中，被告表示他们每次检查中都跟对方签订了知情同意书。但是鉴定报告认为医院与家属签订的知情同意书不是规范意义上的，无法证明对方已经阅读了知情同意书。

这件案件的是是非非，我不想讨论。医院是否已经提前告知胎儿的手指数目不在常规检查范围内而且不一定能查出，交由双方律师和法官去解决就是了。

我想说的，是另一个问题。

在这起案件中，家属不满的，明显不是医院未能提前告知手指数目不属于常规筛查且不一定能检出，导致他们缺乏思想准备这种告知缺陷。他们不满的，是医院未能诊断出问题，“导致残疾胎儿得以生产”。

当我看到报道里面那句“导致残疾胎儿得以生产”，以及后面那句“给婴儿的生活造成极大的不便和精神痛苦”的时候，我的心被深深地刺痛了。

在这起案件中，夫妇俩将孩子列为第三人，理由自然就是：给婴儿的生活造成极大的不便和精神痛苦。

这里面的逻辑，令人不寒而栗。

我们都清楚，婴儿的畸形，不可能是检查本身导致，而是遗传及环境因素导致。无论医院能不能检查出来，孩子的手指都是缺失的，只要他生下来，都会是个残疾孩子。

而不让孩子承担“极大的不便和精神痛苦”的方法只有一个，就是毁掉他不让他出生。

换言之，家长代表孩子起诉医院，认为是医院的过错导致父母把自己生了出来，导致自己承受“极大的不便和精神痛苦”。

孩子无法表达自己的真实观点，他们的权利由父母代为行使。但是，我想请问，当孩子有能力表达自己的观点以后，他有多大的可能性会认同父母代替自己表达的观点：因为我缺了5 根手指，所以你们应该在我是个胎儿的时候就毁掉我，不该让我这个“残疾胎儿得以生产”？

这世上有种东西，叫作人伦！

我不是一个迂腐的人，也不是一个守旧的反对堕胎的人，甚至，如果能早期发现孩子畸形，我也不强烈反对他们放弃这个孩子。

但是，我们必须清楚一件事，一个尚在子宫内的胚胎和一个已经抱在父母怀中的孩子，不是一回事！

至今，我依然清楚地记得儿子出生时的情景。我当时，是很不愿意要孩子的，总觉得孩子是一个负担。

但是，当护士第一次把儿子放到我怀里时，看着他丑丑的模样，我忽然内心一阵悸动，瞬间泪流满面。从那一刻起，我才真正懂得了什么叫血脉相连；从那一刻起，我才真正懂得了什么叫捧在手里怕摔了，含在嘴里怕化了；从那一刻起，我才真正知道这世上确实有人可以让你为他上刀山下火海，无怨无悔。

那种感情，是上天造人时刻进你 DNA 的，是一种完全无法抗拒的情感。

有人问我，如果你的孩子缺了几根手指，你会让他生出来吗？

当我没有把他抱在怀里的时候，我会回答不会。

但是，当我体验过把他抱在怀里的感觉以后，如果时光倒流，我的回答是会，哪怕他缺一条胳膊一条腿，我也不嫌弃他。

当你把他抱在怀里以后，再去讨论他该不该来到这个世间，是一件荒唐而残忍的事情。

而当这个孩子来到人世间，他就不再是一块血肉，而是一个生命，是上天赐给父母的小天使。

我请天下的每一个父母扪心自问，如果你的孩子因为某种原因少了 5 根手指，你会嫌弃他吗？你会觉得他没有资格活下去吗？

我请天下每一个父母扪心自问，当这个孩子被抱在你怀里以后，你有没有勇气在法庭上慷慨陈词，指责医生没有帮自己毁掉现在抱在怀中的这个孩子？

我做不到！

在我老家的农村，曾经有一个孩子，她母亲怀她的时候，奶奶想托人做性别鉴定，是女孩就流产。孩子的母亲没同意。

女孩出生后，奶奶也没说什么，对孩子非常疼爱。但是后来，因为一次吵架，孩子的母亲无意中说出了这段往事。

我至今依然记得，那个女孩提起她奶奶的时候，那种恨得咬牙切齿的表情，那种与年龄完全不相称的狰狞表情，令人遍体生寒。

无论结果如何，我只希望这个官司赶紧了结，希望孩子的父母亲朋以及诸位媒体，从此对此事守口如瓶。

我真的不想，当孩子懂事以后，他会有一天拿着报纸来问自己的父母："你是否曾经因为对方给了我来到这个世上的机会而去起诉和索赔？你是否代表我起诉对方，因为你们认为我会认为对方不应该让我来到这个世上？"

如果真有那么一天，你想好怎么回答了吗？

人类诞生了几百万年，而现代医学，仅仅只有百年历史。

现代医学，有很多不足，如同一个带着缺陷刚刚呱呱坠地的婴儿。

我们还有很多事情做不到，很多疾病我们没有有效治疗手段，比如产妇羊水栓塞我们无法完全预防和避免，一些窗口期献血者的 HIV 病毒感染无法检出。我们尚做不到用 B 超筛查出全部的胎儿畸形。

但是，尽管有种种的不足，这个孩子依然是我们健康的天使。

请呵护她，请给她成长的时间和空间。

请不要用暴力和苛责，去摧残她的成长。

那些年，我们碰到过的熊孩子

在烧伤科出门诊、急诊，我时常碰到小孩子。

都说 3 岁看老，这话一点都没错。很多时候，两三岁的孩子身上，足以看出孩子的生长环境和家庭教育水平。

孩子是父母的影子，孩子就诊时的表现，会和父母的表现高度一致。

有一种孩子，特别礼貌特别懂事，就和小大人一样。进门的时候会礼貌地说："叔叔好阿姨好"，换药的时候不哭不闹特别配合，离开的时候会说："谢谢叔叔谢谢阿姨。"而这些孩子的父母，往往也是彬彬有礼，举止得体。

还有一种孩子，表现就差一些。医院现在使用的是进口的不沾敷料，创面换药已经基本不疼了。但是创面换药的时候，这些孩子还是会哇哇大哭。不过，虽然哭，但是并不挣扎，医务人员还是能顺利地处理好创面。

再有一种，就令医务人员头疼了。这些孩子不仅号啕大哭，而且会拼命挣扎，需要几个人拼命按住，才能勉强把活干完。而且有时候没办法把活干得特别漂亮。

还有一种，就是奇葩级别了，这种奇葩很罕见，但冷不丁就会碰上一个。

曾经有一次，我给一个已经六七岁的孩子换药。创面不大，孩子其实也不疼，但是孩子跟疯了似的拼命挣扎。

挣扎也就算了，还连踢带蹬，把护士给踢了几脚。

踢人也就算了，还满嘴的污言秽语。一个六七岁的孩子，以各种你难以想象的肮脏语言辱骂给他处理伤口的护士。

这还不算，孩子的母亲还在一边帮腔："宝宝乖，宝宝乖，都是医生不好，回头妈妈打他给你出气。"

我当时就怒了："你要打谁？你要敢再骂一句，我立马大嘴巴抽你，你信不信？"

孩子和他母亲大概没见过这么大脾气的医生，一下子愣住了。而且他们看到我暴怒的样子，明白我不是在开玩笑吓唬他们。

孩子母亲气呼呼地说："医生，你什么态度啊？小孩子不都这样吗？"

我说："谁说小孩子都这样？哪有孩子生下来就这样的？这

样的孩子绝对是被你这样的爹妈惯出来的。”

孩子家长气哼哼地走了，幸而没有投诉我。

其实我觉得家长应该感谢我。如果她的孩子再没有人教导的话，早晚会误入歧途，甚至变成杀人放火乃至弑父弑母的恶魔。

2018 年 12 月 2 日晚，湖南省益阳市沅江泗湖山镇一名 12 岁的小学六年级男生，持刀将自己的亲生母亲杀害在家中。

杀害母亲的原因，令人匪夷所思。这孩子在家中抽烟，被母亲发现后用皮带抽打。他不满母亲管教太严，便心生怨恨，从厨房中拿出一把菜刀，砍了母亲 20 多刀，致母亲当场死亡。

杀死母亲后，这个 12 岁孩子表现出来的镇定和条理，足以令杀人如麻的悍匪汗颜。他拿着母亲的手机接电话、回微信，甚至假借母亲的名义给班主任老师发了一条请假短信：“胡老师，孩子明天请假行不？他感冒了”。

这完全就是一个恶魔的坯子。

然而遗憾的是，按照中国的法律，14 岁之前犯罪，不能被追究刑事责任。18 岁之前犯罪，要从轻处理，不能判死刑。

由于年龄的关系，他唯一能受到的惩罚就是批评教育，根本不会被追究刑责。

更可怕的是，为了保护未成年人的隐私，他的个人信息会被严格保密。他身边的良善百姓，包括和他同龄以及比他更小的孩子们，根本没有机会知道自己身边有这样一个杀人恶魔。

都说这个社会越来越文明了，都说这个社会的法制越来越进步了。

但我有一种疑问，法制的文明，应该体现在什么方面？是应该优先体现在保护好人方面，还是应该优先体现在保护坏人方面？

2003 年，我刚到北京积水潭医院，整理医院病历资料的时候，见到了北京蓝极速网吧受害者的一些临床资料。

那些资料，只有一个词可以形容：惨绝人寰。

如果是一个非医学的普通人看到这些资料，大概率会跑到卫生间呕吐半天。

2002 年，北京蓝极速网吧被人纵火，25 人死亡，12 人受伤。

死者中绝大部分是学生，还有一对模特夫妇，其中妻子刚刚获得云南模特大赛第一名。

这些人，绝大部分是独生子女。

他们死前，承受了难以想象的痛苦，或者被活活烧伤，或者被活活熏死。

纵火的，是 4 个小混混，年龄分别是：17 岁、14 岁、14 岁、13 岁。

这 4 个小混混每天的生活，就是在北京各个网吧和学校附近殴打抢劫上网的学生，然后用抢来的钱上网玩游戏。

那一天，他们在蓝极速网吧抢劫殴打了一名学生，被网吧管理人员看到。在他们再想到这家网吧玩的时候，管理人员以他们未成年为由，拒绝他们入内。

就因为这点事情，这 4 个恶魔决定到网吧纵火。

纵火前他们商量好，有事情就往 13 岁的那个混混身上推，因为他未到刑法犯罪年龄，不会被追究责任。

在纵火后，他们平静地到其他网吧继续玩游戏。

在被警察抓获后，他们丝毫不紧张，得意扬扬地对警察炫耀自己的犯罪过程。他们知道，法律判不了他们死刑。

最终，13 岁的那个混混，虽然亲手纵火，却因为不满 14 岁免于刑事处罚。

14 岁的两人，被判处无期徒刑，后一再减刑，2016 年出狱，出狱时 28 岁。

17 岁的那个，被判处 12 年徒刑，后减刑为 7 年，2009 年出狱，出狱时 24 岁。

14 岁的刘某，是当时石油中学人人皆知的痞子，和校外几个流氓称兄道弟，在学校每天调戏女学生，殴打男学生，抢劫学生钱物。被判无期徒刑，刘某觉得判得太重，因为自己未成年。在受审时，面对受害人的家属，刘某拒绝道歉也拒绝赔偿：“我都判了刑，要钱没有，要命一条！”

从头到尾，这些人的个人信息都被严格保密，媒体连他们的真实名字都不可以报道，因为他们未成年。

入狱后，这几个小恶魔得到了无微不至的关怀。每年，判他们入狱的法官都会去监狱看望他们。他们的态度也 180 度转变，变成了天真无邪的“乖宝宝”，他们和可爱的幼儿园小朋友一样，和看望他们的法官拉钩，表示要好好表现，争取减刑。

不知道那些死者的家人，有没有这种待遇？

别忘了，那些死者，绝大部分是独生子女。

火灾发生后，里面有孩子哭喊：“我才 20 岁，我不想死啊。”

这几个恶魔，现在就生活在我们身边，年龄最大的，也不过 30 岁出头。

而我们，甚至不知道他们的名字。

在有的人心目中，对好人文明不算文明，只有对恶人文明才算文明。

问题是，谁来保护好人免受恶人的威胁？

有日月朝暮悬，有鬼神掌着生死权。天地也，只合把清浊分辨，可怎生糊涂了盗跖颜渊！

研究生规培学员，
不应该成为被法律遗忘的人

2018年3月30日，江苏省镇江市第一人民医院研究生规培学员顾某在下夜班交班时不幸猝死。根据很多媒体报道，在猝死之前，他已经连续工作15小时，而这几乎是他工作的常态。

其实，媒体可能有些少见多怪了，连续工作十几小时的情况，在医疗行业实在是家常便饭，在一些比较忙碌的医院和科室，别说十几小时，连续几天几夜连轴转都是家常便饭。

顾某去世之后，他的带教老师承受了巨大的压力，这对她其实非常不公正。该院的一些学员告诉我，因为科室工作太繁忙，带教老师本人也常年加班加点，常年无休。这次因为结婚，才休了10天假期。而且她平时对规培学员也相当好，在规培学员中备受尊重和好评。

其实，医生包括规培学员的普遍过劳这个责任，真不是

哪个医生、哪个科室、哪个医院能够背的。这个问题不仅在中国很突出，在美国、欧洲，年轻医生过度劳累都是一个普遍问题，以至于一些国家和地区不得不出台法规强行限定医生每周最长工作时间。

顾某有先天性室间隔缺损，初中时做了手术，也通过了学校和医院的体检。但是，制定体检标准的人，可能没有考虑到学员将要面对的是这样一种高强度、长时间的工作状态。

医务人员猝死在工作岗位上，至少还有相关的法律法规维护其死后的合法权益。而顾某这样的研究生规培学员工作中猝死后，我们却无奈地发现，在研究生规培学员权益维护方面，我国的法律近乎是一片空白。

恰恰是这种空白，导致顾某去世后，其家人与医院和学校之间发生了争执，家人甚至采用了到学校和政府门口拉横幅、举标语等方式“维权”。

其实，我们不必怀疑医院和学校在面对这种事情时解决问题、告慰死者、平息舆情的诚意。但这种法律的空白，将学校和医院也置于一种尴尬的境地。

双方争执的核心内容是：顾某算不算工伤死亡？

这就涉及一个关系全体研究生规培学员权益的问题：研究生规培学员在规培过程中受伤和死亡，到底算不算工伤？

从某个方面来看，似乎应该是算的。顾某年满 18 岁，符合劳动法规定的劳动主体。他在医院承担的大量工作都是医院为患者提供的临床服务的一部分。其工作内容和性质与医院本院住院医师并无实质差别。他接受医院的管理指挥和监督。

但是偏偏顾某的身份是研究生规培学员。住院医师规培制度作为一个新生事物，其学员权益的保障本就是几乎空白。偏偏顾某还是一个研究生。

在规培制度设计运行之初，我国教育部门的研究生培养制度和规培部门的住院医师培训制度并没有进行很好的对接，一度出现了读完 3 年临床研究生后还要和本科毕业生一起重新参加规培的怪现象，引起了临床研究生的强烈不满。

后来解决问题的方案，就是让临床研究生在完成研究生教育的同时，也参加住院医师规范化规培，确保合格毕业生可获得《执业医师资格证》《住院医师规范化培训合格证书》《硕士研究生毕业证》和《硕士学位证》四证，也就是所谓的四证合一。

然而这个解决方案的问题依然很大，其中最大的麻烦，就是研究生规培学员的身份问题。

从理论上讲，研究生规培学员的身份依然是学生，除了要在规培间隙完成繁重的学业和论文外，他们也无法享受普通规培学员的权益。

他们是学生，所以其规培期间的待遇由教育部门和学校负责，不能享受国家和地方财政提供给规培学员的补贴，导致其经济条件比普通规培学员更为窘迫。

而也恰恰因为他们是学生，他们的规培过程被视为研究生学习的一部分，他们在规培期间一旦出现伤亡，现有法律法规以及司法解释并没有明确支持其工伤认定和赔偿抚恤请求。

现在的研究生规培学员，工作时间、工作强度、薪资待遇，以及出现伤亡后的权益保护，在法律上几乎就是一个空白。

他们成了一群被法律遗忘的人。

就我个人而言，我支持顾某父母的诉求，研究生规培学员应当被认定为和医院存在劳动关系。由学校和医院签订的规培协议，也应当视为一种特殊的劳动协议。

规培学员进入医院参加规培，无论是以社会人员身份还是以单位人员身份，都符合劳动法规定的劳动聘用关系。学员已经大学毕业，年龄超过 18 岁，符合劳动者的要求。学员没有医院编制，但他们在医院做的各项工作，都与本院住院医师没有差别。他们为医院承担了大量工作，是医院为患者提供的服务的组成部分。他们接受医院规章制度的管理，按照国家规定从医院领取合理报酬。

事实上，规培主管部门三令五申，规培学员待遇不得低于规培中心本院住院医师待遇，这本身也是确认规培学员的劳动价值与在职住院医师等同。

既然规培学员属于劳动者，那和普通规培学员从事一模一样工作的研究生当然也是劳动者。

研究生规培学员的身份是双重的，既是学校的学生，也是医院的规培学员，他们毕业时要领取四个证书，有两个是其学员身份的证明，有两个是其学生身份的证明。两者互补替代也互不冲突。

在我国法律实践当中，已经有学生实习期间被认定为存在劳动关系的判决案例。

2013 年 6 月 18 日，安徽新华学校 2011 级汽车运用与维修专业学生范某，在其实习单位新奇特车业服务股份有限公司内挂宣传牌时，不慎从脚手架上摔下受伤。

2014 年 6 月 6 日，范某向常州市人社局提出工伤认定申请，新奇特公司在市人社局规定举证期内提出异议，认为双方不属于劳动关系。事件最后提请法院判决。

最终，法院认为：范某虽为实习生的名义，但其受新奇特公司管理，接受新奇特公司安排的工作任务，与其他普通员工的工作时间、考勤、工资核发完全一致，双方已构成事实劳动关系。驳回新奇特公司的诉讼请求。

当然，这个案例和顾某的情况还是有很大差别，但至少可以为我们提供一个解决问题的思路。

我真诚希望，顾某的死能够成为填补研究生规培学员权益保护方面法律空白的一次契机。

我真诚希望，顾某父母能够和学校以及医院一起，携手走上法庭，让法律为研究生规培学员的权益保护给出明确的答案和判决。如果能够这样，那将是对顾某同学在天之灵的最大安慰。

如果判决结果不能令人满意，那么，我们的整个医疗系统和教育系统，必须立即推动国家的立法工作，从法律层面解决研究生规培学员的权益保护问题。

这是对那些为自己的白衣梦勤奋努力的孩子们负责，也是对我们国家、民族的未来负责。

研究生规培学员，不应该成为被法律遗忘的人。

中国医生真的不善于沟通？

在我国的媒体和医疗管理部门中，流传着一个很多人深信不疑的传说：中国医生不善于沟通。

不仅我国媒体和医疗管理部门这么说，很多已经脱离临床一线几十年的德高望重的老专家，也动辄在各种场合痛心疾首地抱怨现在的医生不关心患者，不懂得和患者沟通，并往往援引很多自己当年如何通过充满智慧和诚意的沟通，化解各种冲突和危机的故事。

这些故事，既精彩又曲折，颇有传奇色彩，令很多台下台上的媒体人和医疗管理者在五体投地之余，同样痛心疾首地抱怨现在的医生不会沟通，导致纠纷和冲突频发。

在我刚进临床的时候，我也对这些故事深信不疑，并为之感动得热血沸腾、热泪盈眶。

等我在临床急诊一线摸爬滚打了几十年之后，再在各种场合听到这些老专家们精彩曲折的故事，我只是冷冷一笑，心里说：这老家伙又开始吹牛了。

年轻医生中曾经流传着一个颇为叛逆不敬的笑话：啥叫老专家？老了，啥也做不了了，专门蹲在家里吹牛皮，是谓老专家。

有一次，在某个会场，一个老专家在台上唾沫星子横飞地讲自己当年多么全心全意为患者服务，自己如何通过充满智慧和爱心的沟通化解了纠纷冲突的故事。

我问身边他的徒孙："老爷子说的是真的吗？"

徒孙低头笑了笑："他说的故事是不是真的我不知道，但我当年刚进医院的时候，不止一次亲眼看到他被患者或家属追着打追着骂。老爷子年轻火气大的时候，还曾经和患者家属对骂互殴过。"

当然，这些事情，现在老爷子是绝不会提的。其他人更不会自找没趣翻老爷子的黑历史。一般人讲自己的历史、写自己的回忆录，都难免学孔子笔削春秋，为自己讳一下。

只是，如果我们的媒体和医疗行业领导真的听信了这种笔削后的"春秋"，真的以为现在的涉医暴力缘于现在的医生不会沟通，那就是彻头彻尾的笨蛋了。

中国医生不会沟通？

中国的医生，每天出门诊、急诊要接诊数十上百的患者，在病房要管十几乃至几十个患者，一天要做几台十几台的手术，每年要和数以千计的患者打交道。

这些患者病情不同，治疗方案不同，病情预后不同，治疗效果不同，患者和家属性格不同，受教育程度不同，家庭关系不同，经济条件不同，从贩夫走卒到达官显贵，从大学教授到社会混混，三教九流无所不有。

除了患者，医生还要协调各科室关系，应付各种检查，应付上级领导和主管部门，处理好包括患者十几元钱的药物医保能不能报销之类的琐事，应对各种纠纷。

而且，医生还是一群以博士、硕士为主体的高学历群体。

这样环境磨炼出来的一群高素质、高智商人群，你们觉得他们不会沟通？

我知道有人又要问那个蠢不可及的问题：既然会沟通，为什么还会挨打挨骂？

谁告诉你会沟通就不会挨打挨骂？

瓦罐不离井上破，将军难免阵前亡。

功夫再高，也怕菜刀。

愣的怕横的，横的怕不要命的，而不要命的，怕傻子。

面对傻子，再高超的沟通能力，有什么用啊？

日本人侵略中国，是因为中国人不善于沟通吗？特朗普打贸易战，是因为中国人不善于沟通吗？流氓调戏良家妇女，是因为良家妇女不善于沟通吗？

一群从来没在临床一线待过的领导和媒体人，觉得中国医生不会沟通，觉得自己可以指点他们如何和患者沟通。

这些殚精竭虑指点中国医生沟通技巧的人，真放到临床急诊一线，大概率撑不了几天。

我的好朋友淼哥，曾经讲过一个故事，这个故事不久前被某些领导当作医患沟通技巧的经典教案到处宣传。

一个妈妈生孩子生到一半，突然胎心不好，需要立即做剖腹产，当时产妇手腕上的一个玉镯子实在取不下来。由于宝宝实在情况危急，淼哥只能放弃取下，口头交代家属：搬运过程中玉镯可能会碰碎。

手术后母子平安，但镯子竟然真的碎了。

淼哥是这样处理的。

他先表扬妈妈在产房的坚持与努力，再表扬家属在关键时刻对医务人员的信任与理解，说宝宝现在健康地躺在妈妈身边，是大家通力协作的结果。然后他说："自古有云'玉碎瓦全'，孕妇戴玉，平时是人养玉，关键时刻就是玉保人。这次不知道为什么，妈妈戴的这个玉手镯碎了，但我相信，在宝宝化险为夷的过程中，它也完成了自己的使命。这碎了的玉手镯，你们要好好收藏起来，等孩子长大了，用金镶一下，送给他，让他知道他的命是捡回来的。”满屋人听了都很激动，他顺便给他们讲了讲术后妈妈和宝宝的注意事项，这事就算过去了。

毫无疑问，这是一次精彩而充满智慧的沟通。很多媒体人和医疗行业领导津津乐道，以此宣传沟通的重要。

然而，很多人选择性地忽略了，淼哥讲这事情的起因，是评论当时网上沸沸扬扬的“抢救时剪破衣物钱财丢失，患者家属向医院索赔，医护救人后凑钱赔偿失物费”一事。与其说淼哥在炫耀自己的沟通技巧，不如说他在感慨家属面对此类事件时态度的巨大差别。

有谁真的以为：家属是因为听信了淼哥的“忽悠”而放弃索赔消弭矛盾的吗?

不是，事情的圆满解决，更大程度上是因为家属通情达理。

临床上，绝大部分的家属是通情达理的。淼哥碰到的家属，就属于这绝大部分之一。

他们感激医务人员刚刚以精湛的医术救了自己亲人两条命，理解玉镯子碰碎是医务人员急于救人未能顾及，不愿意破坏孩子顺利出生喜庆的氛围，也不太在乎一个玉镯子造成的经济损失。

因此，他们面对淼哥的说辞，没有反驳，没有恼怒，而是对医务人员的救命之恩表示感谢。

说白了，面对这样的家属，你直接说一句："恭喜你，母子平安，不过很抱歉我们抢救时没能面面俱到，产妇的玉镯子不慎弄坏了，您看要不要我赔你们？"我相信，结局不会有什么区别。

因为事情顺利解决的关键，不是医生的技巧和忽悠，而是患者家属通情达理，懂得感恩。

如果淼哥的沟通对象换一个人，可能是另一个结果。

比如那个因为医生救自己儿子性命时紧急剪开衣物导致钱财丢失而找警察向医务人员索赔的患者家属。

在这起事件中，患者入院时心脏停搏，医务人员一边持续心脏按压，一边紧急为患者启用了体外循环，这套设备一启动就是 8 万元。医务人员是在患者根本没钱的情况下进行抢救的。

抢救过程中，医务人员剪开患者衣物扔到一边，因为忙于抢救没有注意，衣物后来找不到了。

此后患者从重症监护室到普通病房，前后花费十余万元，一直是欠费治疗。直到家属带着警察到医院索赔。

当患者呼吸、心跳停止来到医院，医务人员奋力不间断地按压维持他生命的时候，他们没有让患者家属先付钱。当医务人员为了救患者果断地使用一启动耗材价格就高达数万元的体外心肺机的时候，他们并没有让患者家属先付钱。当患者在重症监护室欠着巨额抢救费用的时候，医院并没有停止救治。当患者脱离危险回到普通病房之后，在患者依然欠费的情况下，医院也没有停止治疗，更没有报警带着警察逼患者家属要钱！

就在患者脱离危险转入普通病房的第 2 天，患者的父亲报了警，带着警察来到医院，向刚刚把他儿子从鬼门关抢救回来的医务人员索赔抢救过程中自己儿子“衣服、裤子、鞋子、银行卡、数据线、香烟、打火机、500 元现金”的损失。

然后在警察的调解下，医务人员凑了 1000 元钱赔给了他。

如果淼哥面对的是这样的家属，大家觉得他的故事能不能管用？大家觉得家属是会被淼哥的故事忽悠得感激涕零，还是会大喊一声：“你扯这么多不就是想赖账吗？快赔钱，不然我们报警！”

我重复一遍：淼哥的沟通，在我看来确实很精彩。

但是，如果有哪位媒体人和医疗管理者因此认为只要掌握了沟通技巧就可以百毒不侵，那纯属脑子进水。

至于那些没有任何临床一线急诊经历，却自以为可以教一群在临床摸爬滚打多年的博士、硕士们沟通技巧的，建议来急诊待两天。

一个医生的能力
难道要用药物是否廉价来衡量?

2018年1月24日，全国著名儿科专家、河北省儿童医院名誉院长胡皓夫先生因病医治无效不幸逝世，享年88岁。

胡老先生从医以来，对中国儿科事业做出了巨大的贡献，每个医务人员，都为他的去世感到惋惜和痛心。

然而，令人愤怒的是，某些吃惯了人血馒头的媒体，连这样一位德高望重的老先生都不放过，竟然借着悼念胡先生的名义，夹带私货，恶意暗示和误导公众，对中国医疗行业进行恶毒的攻击。

不知道胡老先生的在天之灵，看到这些愚蠢而恶毒的媒体打着他的旗号肆无忌惮地抹黑中国医疗，会做何感想。

文章为《含泪送别！8毛钱治好高烧的“不打针爷爷”，这才是医者仁心》，光看题目就能知道他们宣传的是什么。

胡先生一生，有无数的感人事迹，我们的某些记者统统视而不见，闭口不提，却大肆宣传两件事：8 毛钱治好高烧，不打针。并含沙射影地称“这才是医者仁心”。

这样的文章，根本就是醉翁之意不在酒。名为悼念死者，实为污蔑活人；名为赞扬前辈，实为抹黑医生。

它向公众传达的意思无非就是：如果你不能用 8 毛钱治好高烧，如果你给患者打针，你就是医德沦丧，就是没有医者仁心。对这样的医生，就无须“含泪送别”，而可以拿刀去砍。

我们不否认，中国确实存在过度输液的问题；我们也不否认，这个问题甚至比较普遍和严重；我们更不否认，胡先生坚持的尽可能少输液少打针的原则，是医疗界一直公认的正确原则。

但是，这绝不意味着可以矫枉过正，绝不意味着可以把“不打针”和“8 毛钱治愈高烧”作为衡量医生医术和医德的标准。

这种错误的宣传，会严重误导公众，挑拨医患对立，撕裂医患互信，煽动涉医暴力。更可怕的是，这种错误的宣传，会将无数患者置于巨大的危险之中。

如果我们的媒体不那么健忘，应该还记得另外一个“8 毛钱事件”。

2011 年 9 月，深圳一名新生儿被诊断为先天性巨结肠，医院建议手术治疗。患者家长不相信医生，拒绝手术，将患者带到另外一家医院。第二家医院的医生给出了和第一家医院同样的建议，然后开了 8 毛钱的开塞露，暂时缓解了患儿的腹胀问题。

不想，患儿父母竟然据此在网上造谣，称明明 8 毛钱能治好的病，黑心医院却要让花 10 万元给孩子做手术。

这个谣言在一瞬间刺激到了某些媒体，无数媒体跟进并进行了疯狂的炒作和宣传，造成了极其恶劣的影响。

这种恶劣的影响不仅仅对当事医院和医生造成了巨大压力和声誉损失，更使得很多家长失去了对医院和医生的信任，医院多名患者家长拒绝手术，导致多名孩子错失最佳手术时机，出现严重并发症。

事后，那名被家长和媒体声称以 8 毛钱治愈了的先天性巨结肠患儿病情逐渐加重，家长最终偷偷带着孩子到外省做了手术。

事情被医务人员披露后，参与的媒体无一家对自己的所作所为表示歉意，更无一名媒体人对自己造成的恶果表示忏悔和痛心。

而今，7 年过去了，这刚刚发生的又一起“8 毛钱”事件表明，某些媒体为吸引眼球毫无底线、毫无廉耻的本性，没有丝毫改变。

在这篇名为悼念、赞扬死者实为抹黑、诋毁医生的文章中，媒体称：几年前一对年轻夫妇的孩子高烧，什么药都不见效，于是匆忙找到胡皓夫。胡皓夫仔细查看病情后开出药方。当孩子家长花 8 毛钱买了药时，已经开始计划带孩子继续寻医，可他们没想到，孩子用药不久，体温竟然渐渐退了下去。

看完这个故事，我真的惊叹这些记者素质之低下。

时间没有考证，人物没有考证，事件具体经过和真实性没有考证，患者的具体病情和诊疗细节更是没有考证，完全就是一个道听途说的故事。

对这样一个成为文章标题和核心内容的重要事情，这样一个被用来对读者进行了极其错误的暗示、对医疗行业进行了恶毒而隐晦的攻击的故事，所有的内容和细节竟然全部稀里糊涂。

而这样一个不负责任到极点的报道，竟然被更多媒体大肆传播！

即使这个事情是真的，也没有太多的参考价值和讨论价值。

发烧本身并非疾病，而是疾病的症状。可能出现发烧症状的疾病，有无数种。从普通的感冒到致命的脓毒症和白血病，都会有发烧症状。这些疾病的严重程度和治疗难度，相差何止万里。

那个孩子，可能得了某种自限性的疾病，比如呼吸道病毒感染，这种情况根本无须治疗，时间到了可以自行痊愈。家长带着孩子反复求医最终送到胡先生这里，可能已经到了自愈时间。

那个孩子，还可能得了一些细菌感染性的疾病，在外院诊治后，经过一段时间的抗生素治疗后，感染逐渐得到控制，体温也到了该下降的时间。

所谓：倒霉的医生治病头，走运的医生治病尾，就是这个意思。

如果孩子真的得了无法自愈且群医束手的疑难病症，作为一个北大医学博士，从现代医学的角度，我实在想不出有哪种疾病引起的高烧是 8 毛钱的药物可以治好的。

不讨论具体病情，而单纯以治疗费用高低和是否打针作为衡量医生医术医德的标准，要么是恶毒至极，要么是愚蠢至极。

无独有偶。2014 年，一个新闻被各大媒体广泛转载：2 岁多的孩子晚上出红疹，好几家药店都关门，最后家长到某医院，医生开出了总价 4 分钱的 4 片氯苯那敏，药到病除。家长对此极为感慨，认为自己碰到了有良心的好医生。而各大媒体也随之广为宣传，大肆歌颂该医生的医德。

其实呢？

新闻中患儿有过敏反应，医生给他开了价格只有几分钱的氯苯那敏，这自然是没错的。但是，氯苯那敏真的是孩子的最佳选择吗？

针对孩子的状况，应该服用抗组胺药物。目前已生产出第三代抗组胺药物。而氯苯那敏，只是第一代抗组胺药物。它的副作用强，不仅可能影响孩子的认知功能，而且还会引起包括心脏等脏器的各种副反应，导致心悸、低血压等。同时，因为代谢周期短，所以要每天服用 3 次。最后，服用也很不方便，只能研碎喂服。因此，氯苯那敏在临床已经濒临淘汰。

目前，治疗儿童过敏性疾病，临床上广泛应用的是第二代抗组胺药物，如氯雷他定，它的效果更显著，而副作用则明显下降，也方便服用，也更容易被孩子接受。价格为 15 ~ 40 元。

第三代抗组胺药物非索非那定和左旋西替利嗪的临床疗效与氯雷他定相似，安全性更大，副作用更少，已成为世界抗过敏药物市场销售量增长最快的药物。目前其混悬剂型售价为 20 ~ 50 元。

难道对于一个孩子而言，价格仅仅 50 元，但效果更好、副作用更低的药物可以称为昂贵？难道只有 4 分钱，但副作用大、效果差、喂服困难的药物才适合我国的国情？

中国 2017 年全国居民人均可支配收入为 25974 元。

在这样一个中等收入水平的国家，我们却时常听到各种奇谈怪论：去医院看病花了几百块，看病太贵了。我在医院等了 2 个小时才见到专家，看病太难了。

我就纳闷了，在这些媒体眼中，在这些民众眼中，到底怎么样才算看病不贵、看病不难？

我想，这些媒体心目中的“合理”医疗模式大概是这样子的：患者生病，到三甲医院，花几毛钱挂个最好的专家号，一分钟不等立刻见到专家，专家嘘寒问暖认真诊疗至少半个小时，然后开几分钱的药，患者回家服药后立即痊愈。

如果医生和医院达不到上述要求，这些媒体就应当要声嘶力竭地煽动民众，鼓动他们去敌视医生，去敌视医院，去敌视政府，鼓动他们去声讨看病贵看病难，鼓动他们去打医生、骂医生、砍医生吗？

这些媒体朋友们，请收好你们的无知。

亲爱的患者，祝你春节快乐

有一年，春节到了，网上开始流传一个不同专业医生写的春联。春联结合各专业特点，妙趣横生，外行看不懂，医生却颇可以自娱自乐。

可惜，里面没有烧伤科。于是我一时手痒，为烧伤科写了一副春联：做世上皮肉生意，写人间表面文章。横批：妙手回春。

妙手回春，是患者对医生的最高赞美，也是所有医生的终极追求。在春天马上要到来的日子里，我对这四个字有极其特别的感慨。这四个字背后，是数不尽的苦辣酸甜。

在过去的这一年，治疗了多少患者、做了多少手术，我没有个确切的概念。铁打的医院，流水的患者。大部分的患者，来了，好了，走了，也就忘了。然而有些患者，却会给你留下深刻的印象。

春节到来之际，我想对所有的患者说一声春节快乐。其中，包括我难以忘记的三位患者。

第一位患者，是一个三十多岁的年轻人。

一年前，你在工作中不幸受伤，全身 70% 的皮肤严重烧伤，头面部皮肤烧得如同焦炭，双手十指炭化干枯。

当我坐着飞机赶到西部边陲，见到你的时候，你正在死亡线上苦苦挣扎。

那时候，你结婚不久，孩子刚刚出世。

面对你近乎崩溃的妻子和她反复的询问，我却无法给出任何肯定的答案。我只能说，尽力而为。

能不能救活？我尽力而为。

能恢复到什么程度？我尽力而为。

我并非有意敷衍，而是，现代医学并没有强大到让我可以给你家人一个满意的答案。

在当地抢救度过危险期后，你来到北京。然后，我整整做了你一年的主治医生，为你主刀了数十次手术。幸运的是，这些手术，都成功了。

我一点点修复了你身上的创面，一点点纠正了你身上瘢痕挛缩导致的畸形，一点点为你恢复了功能和外观。

这漫长的时间，我知道，你和你妻子都过得不容易。但是，我们终究挺过来了。你终于保住了性命，拥有了尽可能好的外观和机能。

春节，你出院回家了。出院前，你妻子发了一个大红包，我心领了，没有收。

现代医学并非万能，你受伤时间只有短短的一分钟，而医生用一年时间，却只能挽回其中一部分，无法让你完全恢复正常。

未来的路，对你并不容易。但我只能为你做这些了。

我已经尽力而为。

亲爱的，祝你春节快乐。

第二位患者，是一个 50 岁的中年人。

那天，我的导师张教授把你带到我跟前的时候，我的头有点大。

三十多年前，你在工作中大面积烧伤，被送到积水潭医院。当时负责给你治疗的是我的导师。那时候，导师还很年轻。很幸运，你活了下来，而且恢复了生活自理能力。

不承想，就在去年，你腿上少数痊愈后的瘢痕组织，突然开始破溃，并很快发展成一个巨大的创面。于是，你再一次回到积水潭医院，找到了当年给你治疗的张教授。张教授又把你交到我的手中。

当我打开那个散发着恶臭的创面的时候，我的第一判断就是：马乔林溃疡。此后的病理检查结果，很快证实了这一点。而且，肿瘤已经侵犯深部组织，需要截肢。

然而，你的身体状况一团糟，你肾衰竭多年，靠透析度日；严重肝硬化；心功能检查指标更是差得一塌糊涂，有些指标甚至超过机器可测上限。内科医生说："别说手术，你下床走两步都可能会猝死。而且，心脏功能不可能靠内科治疗短期内改善。"

怎么办？是劝你离开医院，任由肿瘤继续生长，任由肢体继续溃烂，还是冒着风险给你做手术？

你对我说："30 年前，我把这条命交给你师父。30 年后，我把这条命交给你。你放手做吧，死在台上，那是我的命，绝不怨你。"

我说："好吧，我陪你赌一把。"

那是我去年一年时间里压力最大的一次手术。

幸运的是，我们赌赢了。你终于被顺利切除病灶，转往其他医院继续治疗内科疾病。

亲爱的，祝你春节快乐。

第三个患者，是一个30岁出头的年轻姑娘。

那天，你和别人吵架，被人用一碗热粥扣到脸上造成烫伤，幸亏伤得不重。

你来到我们医院，我按照常规给你做了处理，交代了注意事项，开了必要药物，并请你签字确认。

当时你对治疗无任何异议，离开了医院。

几个小时后，你回来了，拿着派出所的介绍信，让我开诊断证明。在开具证明的过程中，你突然对我之前的治疗提出质疑，认为对你的伤情不够重视，处理力度不够。

我表示我对我的处理负完全的责任。如果你不认可，可以更换医生甚至医院，也可以投诉。

然后，你和你的家属情绪激动地冲我大吵大闹，你的家属身高体壮，足有一米九，我怕挨打，赶紧出去喊保安。

我们医院瘦小的保安拦不住你们两个，我挣脱三次，又被你们揪住三次。我被你们抓伤面部，白大衣被撕碎。

到了派出所，警察建议和解，你同意了，但是要求我道歉。

我不同意和解，要求调取监控录像，依法处理。

警察录完我的口供让我签字，我看完后说："我不签，我不是这么说的。"

警察说："我把你的意思总结了一下。"

我说："我认为你总结的不是我的意思。"

然后警察很生气，我也很生气，在我拿出手机录音并明确提出要投诉后，出来另外一名警察，说："这是实习的，你别生气，按你说的录。"

录完后，警察就让我在大厅等。

下午 4 点钟，派出所就让你们离开了，而我在大厅一直等到晚上 10 点。其间我反复交涉，却没有人处理我的问题。

在等待的这几个小时，不让我出去吃饭，甚至出去上厕所都是强烈要求后才同意。

到了晚上 10 点，我对警察说："你是不是打算让我在这里过夜？就算在这里过夜，我也不会同意和解。"

警察终于给我开了验伤单。等验完伤回到医院，已经是 12 点以后。

5 天后，我按照警察的要求回派出所处理，又一次见到你和你家属。

警察继续开始调解，从对话中我得知，之前警方已经通过电话反复跟你们做了工作。你家属表示同意和解，向我伸出手要和我握手。

我没有和你家属握手，我表示不同意和解，要求依法处理。

警察说："人家一个大老爷们都把手伸给你了，你就不给点面子吗？”

我对警察说：“我骂你一顿再打你一顿，然后和你握握手和解，可以吗？”

警察生气了，让我们继续在大厅里等。

我对警察说：“我知道你们想干什么，不就是欺负我工作忙故意耗我逼我和解吗？我告诉你，你就算和上次一样再熬我一天，我也不和解。”

我们三个就坐在派出所大厅里面等。你打了几个电话，越来越紧张，最后声音开始带哭腔。你家属试图和我说话，我头也不抬，不搭理。

然后，你母亲来了。

你母亲对我赔礼道歉，表示如果我不同意和解就给我跪下。

看着你母亲的一头白发，我终于坚持不下去了。

我告诉警察：“同意和解。条件是书面道歉，赔偿损失。”

你如释重负，赶紧答应了。

我相信，你并非什么坏人，只是和很多人一样，觉得在医院里打医生、骂医生是不需要付出代价的。而我就是要让你明白，这是错的。

我相信，你以后到医院见到医生，不会那么轻易发脾气了。

也祝你春节快乐。

第 4 章

我们不能等世界变完美以后再去善良

如果一个人，

只有在社会完美无瑕的情况下才肯去做善事，

那他就不是一个真正善良的人。

我们不能等世界变完美以后再去善良，

我们只能以自己的善良让这个世界一点点变完美。

没有岁月静好，只好负重前行

2016年，中国医疗界过得并不轻松。身为中国医疗界的一员，我也同样不轻松。

在这一年，我成了网红，成了中国医疗自媒体联盟副理事长，成了很多医疗同行眼中的意见领袖和代言人。

曾经有一次，我和某卫计委领导同时进一个医生群，后来，这位领导在自己朋友圈这样描绘我进群后群里的反应：宛如教主张无忌上了光明顶，宛如大侠乔峰进了聚贤庄。

我唯有苦笑。

这一年下半年，我应邀参加某次学术会议为大家讲课，为此我做了精心的准备。轮到我发言的时候，主持人大声宣布："欢迎我们的偶像，烧伤超人阿宝为我们发言。"

面对全场的热烈掌声，我有种深深的无奈感。我恨不得大声声辩：我是一名烧伤专家，我是中国顶级的烧伤科室北京积水潭医院烧伤科的专家，我是一名优秀的烧伤医生，我擅长危重复杂患者的抢救，我做的手术很漂亮，我在《烧伤（Burns）》杂志发表过文章，今天我准备的演讲很精彩……

然而我清楚这并没有什么用。离开烧伤这个圈子，“烧伤超人阿宝”这个名字，代表的不是烧伤专家，而是意见领袖，是网红。

诸葛亮在《出师表》中说：“臣本布衣，躬耕于南阳，苟全性命于乱世，不求闻达于诸侯。”

当时我笑他装，而今天，我终于懂了他的心情。

我只是一个烧伤医生啊，我从小就是一个乖孩子，从小好好学习天天向上，听父母的话听老师的话。寒窗苦读，悬梁刺股，读书泰医（山东第一医科大学），求学北大，蒙恩师张国安教授不弃，得以收入门墙，进了本专业全国顶级的烧伤科，成了一名烧伤专家。

能全心全意做一个好医生，该多好啊。读医书十年，着白衣一件，持剪镊刀钳，活病家千万。悬壶济得苍生苦，闲时醉卧美人前。乐一个儿佳妻贤，积一个几世福缘。管什么秦兴楚亡，笑看那天高云淡。

安安稳稳做一个医生，治治病，救救人，陪陪老婆孩子，刷刷手机做做科普，没事儿填填词作作诗写写书，多好啊。

如果能岁月静好，浅笑安然，谁愿意在网上口诛笔伐，搞得血肉横飞、鸡犬不宁、心惊肉跳，妻儿不得安稳，师长常常忧心。

然而，岁月并不静好。

有三位同行，本该和我们一起庆祝新年，但是，他们没有看到新年的太阳，而是倒在了屠刀之下。

这三位同行的名字，叫陈仲伟、王俊、李宝华。

2016 年 5 月 5 日，广东省人民医院口腔外科陈仲伟主任被杀。在被歹徒袭击后，陈教授将妻子推入门中反锁房门，与歹徒搏斗，身中数十刀，经全力抢救 43 小时无效，不幸身亡。当地医生告诉我，手术止住了明显的出血，但大量的渗血无法止住，只能敞开腹腔，加压包扎，大量输血维持血压。血浸透厚厚的敷料，滴地有声。直到陈教授去世，那血还在不停地流。

2016 年 5 月 18 日，邵东县人民医院王俊医生被杀。患者家属要求王俊停下正在进行的手术，为他的孩子看病。王俊告诉这名家属，小孩的情况不算严重，即使要做手术也只能等这台手术结束之后。然后，他就被活活打死了。王俊死的时候，孩子刚刚几个月大。

2016 年 10 月 3 日，莱钢医院李宝华医生被手持砍刀的暴徒袭击。李医生先在值班室被砍，跑到护士站未能获救，又被拽到办公室砍死。李宝华是家中独子，孩子刚上小学。儿子幼年丧父，父母老年丧子。人生之惨，何甚于此。

这些同行，没有办法和我们一起迎接 2017 年了。

而那些失去孩子的父母，失去父亲的孩子，失去爱人的妻子，在新年来临的时候，又是一个什么样的心境呢？

在 2016 年，发生了两次重大涉医谣言，一次是《新安晚报》“丢肾门”，一次是《生活帮》的“纱布门”。

“丢肾门”的主角是胡波医生，我赶到徐州见到胡波医生的时候，看到他憔悴的样子，心酸得差点掉泪。

风波过后，心力交瘁的胡波主任，接受医院派遣，离开工作多年的徐州医科大学附属医院，前往宿迁挂职。一边支援基层，一边调养身心。不知道这件事情对他造成的巨大伤害，何时可以抚平。

“丢肾门”事件，有人说：“阿宝，你是不是骂得太狠了。”

我说：“不狠。”

在指责我骂某些媒体造谣太狠的时候，你们可曾想过胡波主任承担了什么？经历了什么？可曾想过他在漫长时间内每天 24 小时无时无刻不承受着如山般的压力，忍受着铺天盖地的侮辱谩骂乃至死亡威胁，面对着名声、事业前途可能尽毁的险恶处境？

而胡波主任，即使在这种情况下，依然默默坚持自己的工作。

你们可曾想过他是怎么熬过来的?

当你亲眼看见，一个优秀的省级医院专家，一个淳朴厚道的七尺男儿，被自己辛苦救活的患者联合造谣媒体伤害到如此程度，你还会觉得阿宝骂得太狠吗?

“纱布门”事件，我最后忍不住骂了脏话。

有人说:“你是博士，是高级知识分子，要好好讲道理，不要说脏话，不要骂人。”

可我除了骂脏话还能做什么呢?

你要事实，我们把事实摆在那里。你要证据，我们把证据送到你面前。

然而，在事实如此清楚，在证据如此充分的情况下，造谣媒体依然毫发无损，主管部门依然作哑。

我只是一个普通医生啊，我只是一个普通老百姓啊。

面对这种情况，我除了骂人，我还能做啥?

做“意见领袖”不是一件轻松的事情，其辛酸艰难，不足为外人道。而动辄连累家人、同事、医院遭受各种骚扰，更是令我羞愧难安。

我不想做战士，不想血肉横飞、鸡飞狗跳。

我只想天下太平，我只想好好做一个医生，每天上班刀钳剪镊切剥扎，下班柴米油盐酱醋茶，闲来书画琴棋诗酒花。

我只想岁月静好，浅笑安然，了此一生。

但是，我不能不说话。

因为陈仲伟、王俊、李宝华的在天之灵，在看着我。

因为他们不允许我，搁下笔。

我只有一个字一个字写下去，如那啼血的杜鹃一般，用尽所有的力气，为我们苦难深重的医疗界，发出自己的声音。

我不是网红，我是护卫苦难深重的中国医疗界的一条鹰犬。

这是我的职责，也是我的宿命。

既然没有岁月静好，那就只好负重前行。

每一次的努力，都有意义

国家市场监督管理总局曾发布公告，对“儿童神药”匹多莫德制剂说明书进行修订，“使用不得超过 60 天，3 岁以下儿童禁用”等内容将出现在新修订的说明书中。

消息传出，无数人为之欢欣鼓舞。这个结果，是以冀连梅药师为代表的大量医务工作者，顶着重重压力，以严谨的态度、扎实的资料，以及不屈不挠的精神，顽强努力的结果。

这是一场来之不易的胜利。指名道姓单挑某个拥有强大资源的具体部门、具体企业、具体药物，其压力一般人是无法想象的。对此，我深有体会。

然而，面对这样一场来之不易的胜利，我们却听到了这样高冷而“理性”的声音：这件事的意义，就是没有意义。

看到朋友转给我的这段话，我愕然良久。因为我知道，说这话的这位朋友，当年也曾经满腔热血，也曾经因为公开批判某骗子产品而遭受各种打击，承受各种压力。换句话说，他也曾和一个勇士一样，去义无反顾地做这些“没有意义”的事情。

我们很多人低估了在一个历史包袱沉重的社会倡导科学反对愚昧的难度。

别忘了，“赛先生”出现在中国才多少年？别忘了，现代医学在中国普及才多少年？别忘了，在中华人民共和国刚成立的时候，广大农村百姓根本不知西医为何物。别忘了，在 20 世纪 50 年代的时候，中国还有大量女性缠足。

科学与愚昧的斗争，是无比艰难的。科学工作者仅仅为了禁止含铅汽油，为了让香烟强制标上有害健康的标识，都付出了极其巨大的努力和漫长的时间，才最终取得成功。

与利益集团做针锋相对的斗争，很难。说服公众，很难。说服管理者，很难。当你要推翻一个大家接受的常识的时候，你需要做出艰苦卓绝的努力。因为绝大部分的公众并没有你的辨别能力和科学素养，也因为很少有人能面对利益集团的恐吓威胁坚持到底。还因为，我们宣传科学的技巧和文字语言能力，很多时候比不上巧舌如簧的对手。

没有速胜，没有捷径。

我们只能凭借自己的良知操守和学识，一点点一滴滴地去努力。从胶原蛋白到莎普爱思再到匹多莫德和各种“神药”，我们用不懈的努力，去取得一个个似乎微不足道的成果。同时在这个过程中，把科学循证的理念一点点传播给民众，一点点推动中国药物管理体制的变化和进步。

一如我们面对涉医暴力，也只能凭借自己的良知操守和勇气，通过一个又一个个案的努力，通过实现一个又一个微小的正义，来逐步推动法制观念的建立和部门作风的改变。

我们最终的胜利，就是由这样一个个似乎微不足道的胜利积累起来的。

每一次努力都有意义，每一次胜利都有意义。

甚至，每一次失败都有意义。

是什么让我们失去了“义气”？

“一个有点理想的记者”张洋，是记者圈我相熟不多的记者之一，现在也是我的一个好朋友。说起和张洋的相识，还挺“惊险”的，我俩相识事发突然，缘于一次为救人代签同意书的事件。

一天，我接到网友的电话，说网名叫“一个有点理想的记者”的辽宁电视台记者张洋患急症亟须救助。我和张洋虽素未谋面，却也神交已久。于是赶紧了解了一下相关情况，觉得他病情比较复杂，让他转到北京大学人民医院继续治疗，然后我赶到人民医院照料。在做了一些必要检查后，医生建议手术。因为他家属不在身边，我在获得其授权后代为签了手术同意书。手术进行到后半夜，张洋的母亲赶到医院，因为第二天还要工作，我就把情况交代了一下，回家休息了。

在整个事情中我的角色就到此为止，说句实在话，我从来没有觉得自己做了件多么了不得的事情。直到现在，我依然觉得这一切都很普通。整个救治过程中，起关键作用的是技术精湛的人民医院急诊科和普外科医务人员，而我不过起了个代理家属的作用。

让我不安的是，在这件事情发酵以后，我竟然也成了舆论的关注点，因这事要求采访我的媒体络绎不绝。我自己尚有些自知之明，对此都婉言谢绝了。但终究拗不过张洋的极力邀请，便到广东卫视参加了一个访谈节目。

在节目中，主持人问我："你为什么给张洋签字呢？你不怕吗？"

这问题竟让我在一瞬间不知道该如何回答。

为什么签字？这需要回答吗？因为一个人正痛苦不堪亟须签字啊，难道那时候你还有别的选择吗？

于是我回答："情势所迫，事急从权。我们中国人讲究仁义礼智信。何谓义？人字出个头加一点就是义啊。人这辈子，该出头一点就得出头啊。我们山东人，这点担当和义气总是有的。"

我的回答让主持人激动不已，大加赞赏。后来我才知道，他也是山东人。

其实，"义"本就是中华民族的传统美德之一。那句"路见不平一声吼，该出手时就出手"至今依然风靡全国。我坚信，每个老百姓骨子里，都依然流淌着热血和义气。

但是，为什么义气在中国越来越罕见，以至于对我来说一个本来完全不值一提的事情竟然被如此谬赞呢？

也许，我们这个社会，真的出了一些问题。

我记得，张洋下飞机的时候，急救人员和空乘人员为了谁该抬他下飞机争论不休，最后他被迫自己一步步从飞机上挪下来。在他往下挪的时候，没有一个人扶他一把。

人非草木，孰能无情，我丝毫不怀疑，当张洋痛苦地一点点挪下舷梯的时候，很多人是想帮他的。而张洋自己也回忆，当时空乘人员一直在他背后安慰他。

但为什么，为什么他们就是不肯扶一把呢？

因为他们不敢！

因为一旦出现意外，一旦张洋不小心摔下舷梯受伤，扶他的人很可能要承担连带责任。

急救人员和空乘人员的争执，急救人员和空乘人员的不肯扶，其实无非一点，他们害怕承担客人万一摔伤的责任。

自我保护是人的天性，这又有什么可以指责呢？后来，张洋在机场医院做各种检查，都是先交费后检查。在节目中，很多嘉宾对此极为愤慨，觉得医院不人道。

但仔细说起来，似乎也不能如此粗暴地下结论。

在美国，医院确实一般是先治疗后付费的。患者治完病回家，医院把账单寄到家里，显得比中国人性化多了。

但问题是，美国人不敢不去偿还这个账单，除非破产。因为在美国，不偿还账单的后果是极其严重的。所以，美国医院之所以在这方面很人性化，是因为患者不敢欠费。而在中国，这明显是行不通的。

整个南航急救事件中最被诟病的是999急救中心，他们以“挂不上号”“交通拥堵”为由，放弃附近几家三甲医院，把张洋拉到了999急救中心。

很不仗义，对吧？确实如此。

但是，如果我告诉你，由于工作强度大，收入微薄且冲突高发，中国经验丰富的一线急救人员目前正大量流失时，你是否对这件事情会有一些不同的感受？

是什么，使中国人越来越不讲义气，越来越不敢讲义气？

古人云：“有心为善，虽善不赏；无心为恶，虽恶不罚。”

而我们对善良者和无辜者有时却越来越苛刻。见义勇为追小偷，小偷逃跑中被撞死了，见义勇为者被告上法庭。老人跌倒了被好心人扶起来，老人诬告好心人撞伤，费尽周折真相大白，恶意诬陷敲诈者却仅仅被批评教育了事。

当作恶的成本越来越低，当行善的成本越来越高，义，又从何谈起？

我们不能等世界变完美以后再去善良

有一次，一早交完班，我打车到北京市红十字血液中心，去捐献血小板。

北京市取消互助献血的问题已经成了网上一大热点，而大家争执和关心的核心问题就是：北京取消互助献血后，到底能不能保障血液供应。

官方的表态是可以：我们已经做好了充分的准备，从外地调集了大量的血液，供应没有问题。

但是这种表态，并不能完全令人放心。依靠从外地调血解决首都缺血这种模式似乎只适合应急而不宜作为长期解决方案。

相对于红细胞，血小板原本在临床用血中所占比例极低。然而，由于血小板采集技术要求高，采血点少，采血时间长，保存期短，又是部分危重患者尤其是血液病患者的刚需，导致血小板短缺问题一下成了焦点和热点。

政策已经落地，我也不想再说些什么了。

面对那些躺在病床上等着血液救命的患者，我现在所能做的，就是履行一个中华人民共和国健康公民的责任和义务，去积极义务献血，并呼吁大家一起去义务献血。

幸运的是，和我想法一样的人有很多。

那天，我赶到北京市区唯一的血小板采集点北京市红十字血液中心的时候，我发现来献血小板的人远比我预期的要多。

我是上午 8 点 20 赶到血液中心，献血小板队伍中，我的排号是第 52 号。采血的护士说：以前很少有这么多人的时候。

捐献血小板花费时间比较长，从登记到结束离开，整整一上午时间，其中采血时间大概一个多小时。

在等候期间，认识了一位宣武医院的同行。他和我一样，也是听说北京血小板短缺后，和女伴两人一起来献血小板。他家住大兴，为了献血小板，两人一大早空着肚子开车几十千米来到血液中心。

捐献血小板对身体要求比较高，本来还担心自己刚值完 24 小时班会不会有什么指标不合格，结果顺利过关。采血过程也非常顺利，一个治疗单位血小板和 200mL 血浆顺利献完，毫无不适。

关于互助献血的话题，我听到了无数人，包括全国各地无数同行对义务献血的抱怨。

有的网友说："自己去献血的时候，血站工作人员态度粗暴，穿刺技术差，扎得自己胳膊一片青紫。"

有的网友说："自己曾经多次献血，手里有一大堆献血证，结果家人得病需要输血的时候，却被告知想用血就必须做互助献血，无奈只好花钱去找血贩。"

有的网友说："明明说了献血后家人可以免费用等量血，但是具体操作非常烦琐不便，几百块钱需要来回奔波才能报销。各地献血证互不通用也不联网，异地报销极为麻烦。"

有的网友更是指责血站财务不透明，怀疑其有各种黑幕，怀疑其拿大家献的血非法牟利。

这次北京停止互助献血后，我了解到的一些事实也令我极为愤怒和震惊。

你能想象吗？北京，中华人民共和国首都，首善之地，常住人口 2000 多万的城市，仅有 4 个血小板采集点，分别是位于海淀的北京市红十字血液中心和通州、密云、延庆的中心血站。

通州、密云、延庆均属于北京偏远地区。也就是说，偌大的北京市区，竟然只有海淀区这一个血小板采血点！这也是为什么我前文提到的那位同行，不得不一大早饿着肚子开车几十千米来献血！

我们的“神舟”登月了，我们的航母下海了，2017 年我们北京的人均 GDP 已经达到 11.47 万了！

我们有条件，我们有技术，我们有资金，我们有大量的患者嗷嗷待“血”，我们有无数善良的百姓愿意献出爱心挽救生命。可为什么常住人口 2000 多万的北京市，竟然连每个区设置一个血小板采血点都做不到？

你能想象吗？在患者被迫从血贩子那里买血救命的时候，我们北京市的义务献血组织工作，却在大幅度滑坡！

2015 年媒体报道的数据显示：北京市拥有采血点 71 个，献血屋 1 个。

再看看北京停止互助献血后媒体最新的报道：过去（应该是 2016 年），仅有 35 ~ 40 个采血点在工作。2017 年又关掉了一部分！原来采血量巨大的西单固定献血屋，经我了解也关掉了。

这个数字一开始我根本不敢相信，在我向有关部门领导求证时，对方未告诉我准确数字，但是承认北京市采血点数量近两年确实是出现了严重下滑。

2017 年，北京市全年采血量比 2016 年少了 10 万单位！

2015 年，北京市血小板献血数据是这样的：个人无偿 28442 人次，团体无偿 1626 人次，互助献血 5826 人次。互助献血占 16%。

而 2017 年，这个数据变成了：个人无偿 13952 人次，团体无偿 1881 人次，互助献血 27920 人次。互助献血率 63.8%。

短短两年时间，血小板互助献血率从 16% 飙升到惊人的 63.8%！是 2 年前的 4 倍!

我们不否认，这里面有各方面的原因。但是，看看整个北京市区只有一个血小板采血点的现实，看看北京流动采血点连续减少的现实。

在义务献血组织管理方面，我们能够做，应该做，但迟迟没有做的事情有很多。

比如，我们应该给义务献血者提供更便利、更人性化的服务；比如，我们应该设法建立全国义务献血信息联网制度；比如，我们应该建立义务献血者家人免费用血的医院实时结算制度。

但是，上述这一切，都不是我们拒绝献血的理由。

因为，如果一个人，只有在社会完美无瑕的情况下才肯去做善事，那他就不是一个真正善良的人。

我们不能等世界变完美以后再去善良，我们只能以自己的善良让这个世界一点点变完美。

我们的血，不是献给某些态度粗暴的血站工作人员，不是献给某些尸位素餐的官僚，而是献给那些急需它们的患者。

对医务人员而言，面对那一个个挣扎在死亡线的患者，我们更无法拒绝自己的使命与责任。

医务人员并非完美无瑕，这个行业，有很多自己的问题，比如一直令医务人员抬不起头来的红包、回扣等。

但是，我始终坚持认为：中国医务人员，是中国道德底线最高的职业群体，没有之一。

因为，医德自古以来就是人类道德的底线。

因为，无论一个医务人员多么愤世嫉俗，多么愤怒不满，在他踏进医学大门，举起手臂念出医学生誓言的那一刻，那种医者特有的人文情怀和奉献精神，就已经融入了他的血脉。

无论多么苦，无论多么难，无论多么玩世不恭，甚至随波逐流，那铭刻在骨髓中的誓言，我们从不忘记，也从不曾背叛。只要听到使命的召唤，我们就会选择奉献和牺牲。

2003 年，“非典”席卷全国。面对这个灾难，中国医务人员没有抱怨，而是默默地告别家人，走上了战场。

很多医务人员走上战场的时候，都留下了遗书。他们有些人，再也没有回到家人身边。那些活着走下战场的人，很多留下了终身的残疾。

“非典”牺牲者中，有三分之一是医务人员。

2020 年初，新型冠状病毒肺炎疫情爆发。一批批医护人员紧急奔赴疫情最严重的地区，以自己的血肉之躯，去和一种来源不明、传播途径不明、没有有效治疗方案、重症危重症比例超过四分之一的病毒生死相搏。

而当时的湖北，正处于物资最为匮乏的阶段。在这样艰苦的环境下，他们凭借顽强的意志和铭刻在骨髓中的医者职责，一直在顽强地坚持。

我们后悔了吗？

没有！

如果历史重演，需要医务人员再次去冲锋陷阵的时候，我们会退缩吗？

不会！

因为，我们是医生。因为我们的灵魂中，流淌着希波克拉底和南丁格尔的精神。

挽天心一线系斜阳

有朋友问我:“阿宝,你做的这一切有什么用呢?”

这句话,已经不是第一次有人问我了。确切地说,已经有无数人无数次地问我了。

印象中,最近一次被人这么问,是在徐州儿童医院天价赔偿事件时。

徐州儿童医院天价赔偿事件,导致了巨额国有资产流失。当事情经过被我披露后,有人评论:如果阿宝说的是假的,那他得进去;如果阿宝说的是真的,对方得进去。

然而最终的结局是大家谁都没事。对方选择了唾面自干、默不作声、不理不睬,任尔东西南北风。只是医院下了个通知,严禁医院职工转发阿宝的文章。

经过这件事,我深刻理解了鲁迅说过的一段话:叫喊于生人中,而生人并无反应,既非赞同,也无反对,如置身毫无边际的荒原，无可措手的了，这是怎样的悲哀啊。

有时候我也问自己：殚精竭虑，遍体鳞伤，你做的这些到底有什么用呢？

仔细想想，这两年来，真的没有做成过什么。或许我们在付出了沉重的代价后改变了一些个案的结局和处理，但是，每当我自欺欺人地对自己说大环境在一点点好转的时候，新的事件总会及时打破我的幻想。

我不是英雄，我只是一个书生啊。

百无一用是书生。

不久前，受一位朋友影响，欣赏了一下昆曲《千忠戮》。

《千忠戮》是清代的本子，讲的是明代建文帝被叔叔燕王朱棣篡位的故事。燕王篡位后，建文帝旧臣不肯降服者，皆被指为奸党，均惨遭杀害。景清被剥皮揎草，齐泰和黄子澄被凌迟处死。方孝孺抗辩不屈，被灭十族。建文帝削发为僧，在程济陪伴下，流落于江湖。

这部剧，唱词可谓精彩纷呈，但里面我印象最深的，是忠臣被大肆诛杀，程济陪着削发为僧的建文帝到处躲藏逃避追杀时的一句唱词：“挽天心一线系斜阳。”

读书人无用，百无一用是书生。

读书人有用：为天地立心，为生民立命，为往圣继绝学，为万世开太平。

读书人，为天地立心。

天地本无心，但天地可育万物，万物之中，唯人有心。

天心即是人心。

我曾经不理解，为什么方孝孺一定要死，不仅自己死，还要连累那么多亲人、朋友、弟子陪他一起死。

败局已定，无可挽回，再赔上无数的生命和尸骨，又有什么用呢？

现在我懂了，他是要“挽天心一线系斜阳”。

方孝孺死后五百年，一个叫张自忠的将军，以近乎求死的方式，率领两千中国军人向强大的日军发起进攻，最终全军覆没，壮烈牺牲。

当年读这段历史，为他的忠勇敬佩之余，也不免有些不理解：为什么一定要死呢，留下有用之身，与日寇慢慢周旋不好吗？

现在我懂了，他和方孝孺一样，是要用自己的性命，去“挽天心一线系斜阳”。

当时的中国，积弱百年。内部四分五裂，外有强敌入侵。屡战屡败，丧师失地。中华民族，危如累卵。

最可怕的是，人心已经散了。

有的中国人包括国家精英都认为中国必败无疑，认为抵抗毫无意义，悲观主义、投降主义盛行，投降派不以做汉奸为耻。

在无数“聪明人”自以为高明清醒地宣扬中国必败的时候，张自忠选择了战死疆场。

战前，他对战友们说：“国家到了如此地步，除我等为其死，毫无其他办法。更相信，只要我等能本此决心，我们国家及我五千年历史之民族，决不至亡于区区三岛倭奴之手。为国家、民族死之决心，海不清，石不烂，决不半点改变。”

将军以必死的决心，走上了战场。他要用自己的生命，去唤起中华民族那久已沉寂的血性，凝聚那已经涣散的人心，激励那已经衰竭的斗志，痛斥那自以为高明的汉奸！

挽天心一线系斜阳！

他的死，分出了勇士与懦夫，分出了忠臣与奸贼，唤起了无数爱国男儿的热血，换来了中华民族的众志成城。

人心不死，中华不亡！

阿宝，你做的这些到底有什么用呢？

读书人，直道而行，不问结果。

我曾经说过一句话：我们不能等这世界完美了再去善良，我们应该用自己的善良去让这世界变完美。

我还说过一句话：如果我们不能让这世界变完美，至少应该用自己的勇敢去阻止他变坏。

今天，我要说的是：即使无力阻止，我们也要去螳臂当车。我们或许改变不了结果，但至少我们可以像那泣血的杜鹃一般，喊出自己的声音。让是非不被完全混淆，让善恶不被彻底颠倒。为这个世界，留一线公道在人心。

纵，粉身碎骨百般凄凉。

愿，挽天心一线系斜阳。

医闹真的与你无关吗？

有一次，一个中学女同学半夜打来电话，一边哭一边向我求助，电话打到最后，竟然泣不成声。

她的二胎宝宝，刚刚 1 岁，昨天可能得了流感，高热 39.5 度。她带孩子到医院急诊等了 3 个小时，还没看上病，求我帮忙。

她所在的城市和就诊的医院，并没有我认识的医生。即使有，我也不便去打扰高强度、超负荷工作的值班医生。于是，我在了解了一下孩子病情后，给她科普了一些孩子发热的常识，给了一些建议，告诉她不要过于焦虑。

我不知道我的建议她听进去没有，但很明显她有些失望。大概她希望的，是我一个电话，就能让她孩子立即得到无微不至、全面周到的检查治疗，并马上恢复健康。

最后，她在电话里气呼呼地说："都说孩子是祖国的未来，那么大一个国家，怎么竟然搞得孩子连病都看不上！？”

是啊，那么大一个国家，能造出航母能造出“神舟”，怎么竟然搞得孩子连病都看不上？

可是，那些抱着发热的孩子在急诊心急如焚甚至流泪痛哭的家长们，搞得孩子看不上病的，不就是你们吗？

中国儿科医生的缺乏，并非一朝一夕所形成，而是经历了一个漫长的积累过程。这些年来，每到儿科疾病高发期，儿科急诊门口的长龙，一年比一年长。

只不过这一次，一场流感，把短缺变成了恐慌。

为什么没有人愿意干儿科？为什么儿科医生大量流失？原因很多。但医疗暴力，无疑是最重要的原因，或者至少是最重要原因之一。

婴幼儿身体尚未发育完全，疾病往往隐匿而进展迅速。婴幼儿无法表达痛苦和主动配合医生，诊断远较成人困难。而中国的计划生育政策，又使得孩子成了家里的小皇帝、小公主，家长往往极度焦虑，情绪容易失控。

以上种种，使得儿科，尤其儿科急诊成了涉医暴力的重灾区。

在中国，几乎没有儿科医生和儿科护士，没有遭受过孩子家长的辱骂和殴打。甚至可以说，这已经成为儿科医务人员的家常便饭。

不愿意排队，就去骂护士。不让加塞儿，就去打医生。疗效不满意，就去打人、砍人。护士两针扎不进去，就破口大骂乃至拳脚相加。

我不想再去罗列那一个个的伤医事件和杀医事件，这样的事情，实在太多太多了，多得令人心碎和绝望。

而更令人绝望的是，每一次这样的事件发生后，我们看到的都是一场暴民的狂欢。

2011 年 4 月 23 日，哈尔滨医科大学硕士研究生王浩，被凶手李梦南在背后刺破颈动脉死亡，年仅 28 岁。

他死后，某网站做了调查，六千名参与调查者中，有四千人对他被杀表示高兴。

还有 2017 年，在聊城，一名护士在给孩子穿刺输液成功后，由于家长未能固定好孩子头部导致穿刺针移位无法输液被迫拔出重新穿刺，孩子的奶奶和母亲对护士先是污言秽语辱骂进而拳脚相加。孩子的父亲更是先到医院打砸然后编发假新闻对对方进行造谣污蔑。

然而在真相大白后，我们依然看到这样的评论：这护士也真是，孩子生病家长当然焦急容易冲动，你就不能忍忍吗？

面对猖獗多年的涉医暴力，我们一次次呼吁：尊重和保护医生的合法权益，否则将来谁给你和你家人看病呢？

而我们得到的回答，往往是不屑一顾和嗤之以鼻：你不干自然有人干，中国这么大还怕没人做医生！

问问你自己：

当护士给你孩子输液未能一针成功的时候，你有没有拳脚相加？当医生拒绝你无理要求时，你有没有破口大骂？当你对治疗结果不满意时，你有没有去围堵医院去打医生、砍医生？

你说你没有。

那么，再问问你自己：

当医生、护士被杀时，你有没有在网上欢呼叫好？当医生、护士被打时，你有没有在网上加油喝彩？当医生、护士被辱骂时，你有没有说过：家长冲动是难免的，你就不能忍忍？当医院遭遇医闹围堵打砸时，你有没有说过：人都死了，家属过于难过、无法接受是可以理解的。

你说你没有。

那么，再问问你自己：

当你在医院见到有人殴打辱骂医务人员时，你是出于义愤努力设法帮助被伤害的医务人员，还是觉得事不关己选择冷眼旁观？

当你在网上见到有人对医务人员被打被杀表示高兴，甚至欢呼喝彩时，你是义正词严地予以斥责，还是觉得事不关己选择冷眼旁观？

当你知道医务人员被造谣媒体无耻地诽谤，当你知道某些部门对涉医暴力长期不作为时，你是怒不可遏猛烈抨击，还是觉得事不关己选择冷眼旁观？

面对医闹，你觉得与你无关。

真的无关吗？

当你抱着高热的孩子在急诊室流着眼泪苦苦等候时，你是否依然觉得医闹和你无关？

雪崩的时候，有哪一朵雪花是无辜的？

你看到了医闹砍医生，你没看到他们的凶刀威胁了你的孩子。你看到了医闹打医生，你没看到他们的暴力伤害了你的孩子。当他们伤害你孩子甚至威胁到你孩子性命时，你选择了麻木不仁，甚至加油叫好。

所以今天，你就只能抱着高热的孩子，流着眼泪坐在急诊室苦苦等候。

当你排完几个小时的队终于见到医生的时候，请你爱惜和尊重那位疲惫不堪的医生。请对他道一声辛苦，说一声谢谢，谢谢他依然顽强地坚守在自己的岗位上。

你的一句感谢，就是他坚持下去的动力。而只有他坚持下去，你的孩子才不需要等候更长的时间。

医生当奶爸，点赞这事交给我们就可以了

有一次，某官微转发了新华社公众号的一篇报道，为一位帅气有爱的暖心医生点赞。

新闻视频中有一位暖心医生，是哈尔滨医科大学附属第一医院（简称哈医大一院）血管介入外科的李士勇。视频中的事发生在那天下午，当时他在哈医大一院群力院区出急诊，急救车送来了一对出车祸的母女，母亲30多岁，伤势比较重，已经陷入浅昏迷，但她还是紧紧抱着怀中的孩子。孩子只有1岁多，因为受到惊吓，一直在哭。由于母亲受伤严重，被紧急送往CT室进行检查。李医生就当起了临时父亲，一直哄着受到惊吓的小女孩。孩子母亲做完了脑CT检查，怀疑为蛛网膜下腔出血，被送往脑外科急救。轮到这个1岁的宝宝做检查时，孩子的家属仍未赶到，李医生就抱着孩子走进CT室，全程陪

着孩子做完了检查。妈妈在关键时刻用生命保护着孩子，孩子只是脸上受了些擦伤，颅内没有受到影响。李医生为孩子做了清创，又擦去眼泪。随后，孩子的爷爷赶来，李医生才把孩子交到了家人手中。

李医生的同事告诉记者，李医生平日里对待患者都特别有耐心，不管是不是自己的患者，都会帮忙。几年前他在急诊值夜班，出来透气时发现门口躺着一位喝多了的女性，旁边有两位男性也喝多了，想把女性扶进来，却力不从心。李医生二话没说，上前把患者背到了诊室。

看完这个消息，作为一个常年在急诊一线摸爬滚打的医生，我心里说不出是什么滋味。

首先，我也给李医生点个赞。李医生所做的这些，充分展示了一个医者的仁心。这种仁心，在中国医务人员中并不缺乏。急诊一线的医务人员要经常面对各种三无患者，面对这些患者的时候，除了治病救人之外，还时常要当保姆，要当奶爸，要当搬运工，要当家属联络员。

照看醉酒的患者，掏钱给被遗弃的患者买饭，给无钱的患者垫挂号费、药费，因为患者欠费逃跑被医院罚款。这是很多地方的急诊医生时常要做的事情。

在美国，医生是没有机会做李医生这样的暖男的，更不要说是忙得不可开交的急诊医生。

前几年我去美国访问的时候，曾经和美国的医务人员及医院管理者认真交流了一番他们急诊的运作模式。交流完之后，我对美国的同行羡慕不已，因为他们的工作虽然忙碌，却比中国同行幸福多了。至少，他们只需要忙抢救和治疗就可以，不用一边抢救患者一边当保姆和奶爸。

美国医院有完善的社工制度，也有应对各种情况的预案。急诊出现各种问题，包括三无患者的照料问题、患者的运送问题、醉酒等危险患者的监控问题，乃至患者医保问题和欠费问题，都会有训练有素的社工来解决，根本不需要医生操心。

至于医生，你只要专心给患者看好病就可以了。

别说美国，即使在北上广深等地区的高水平医院，在碰到此类问题的时候，医院一般也都有完善的处置预案。即使碰到没有预案的新情况，急诊向医院总值班汇报后，总值班也会想办法协调解决此类问题，不至于让急诊医生一边抱着孩子当奶爸，一边给其他患者看病。

李医生的做法令人钦佩和赞扬，但从另一个角度，一个急诊医生一边当奶爸一边坐诊，却透露出了当下我们某些医院管理和制度构建得不完善的问题。

因为，在这起事件中，相应的管理和制度无影无踪，缺位消失，没有承担起应有的管理和服务职能，把这么一个孩子扔给了本来就忙碌不已且疲惫不堪的急诊医生。

李医生自然是值得被点赞的，但是，作为某官方微博，我认为眼界和视角似乎不应该仅仅停留在点赞和鼓励上。而是作为主管部门，应该有更冷静的分析，更敏锐的洞察，更深入的思考，更理性的判断，应该表现出更高的政策水平，应该表现出更高的服务意识和管理意识。

李医生能够在哈医大一院这样级别的医院工作，其优秀是毋庸置疑的。

培养这样一个优秀的医生并不容易，以我身处的环境为例，一个外科医生的成长过程是这样的：首先以优异的成绩考入医科大学，完成五年到八年不等的繁重学业，掌握各科医学基础知识和内外妇儿等各临床专业级别知识和技能。毕业后进入医院，你要先进行第一阶段培训，这一阶段时间是三年，目的是给你打好扎实的外科基础，这三年时间你要在普通外科、心脏外科、胸外科、泌尿外科等各个外科科室间轮转，并完成每个科室的考核和最终一阶段考试。然后，你就进入第二阶段培训，这一阶段的培训是专科培训。比如烧伤科医生进行烧伤专业培训，心脏外科医生进行心脏外科培训。这一阶段你不需要在各专业科室轮转，而是在自己的专业方向上进行进一步提高。等你第二阶段培训结束，你就可以从事这个专业的医疗工作了，但是，这时候你只是一个新手。想成为一个优秀的外科医生，还需要再经过几年甚至十几年宵衣旰食的艰苦锻炼和上级医生的悉心教导。

这些优秀的外科医生再经过几十年的锤炼成长，其中一小部分会成为优秀的外科专家。而其中大师级的人物，则是凤毛麟角，可遇不可求。

我们选拔这么优秀的年轻人学医，我们耗费这么多时间和资源培养他们，不是为了让他们哄孩子、背患者的，而是为了让他们救死扶伤！

我们的三甲医院，患者是如此之多，工作量是如此之大，医生全力以赴地去救死扶伤都已经疲惫不堪。所以作为主管部门，我们要做的是最大限度地给他们提供好服务和保障，让他们能安安心心地最大限度地给尽可能多的患者提供尽可能优质的医疗服务，而不是把哄孩子、背患者这样的活也扔给他们！

固然，在情况紧急患者需要的时候，别说看孩子、背患者，就算是赴汤蹈火，医生也应该义不容辞。但医生，终究不是保姆和搬运工。

在战场上，我们要求战士们：一不怕苦，二不怕死。

但这并不意味着，作为后勤服务部门，作为将军和统帅，可以一不怕战士苦，二不怕战士死。

当医生不仅要治病救人，还要在家人不在的情况下当奶爸，在同伴喝醉的情况下背患者的时候，我们某些医院领导和管理部门在为医德高尚的医生点赞的同时，更应该意识到事件本身暴露出的问题，万不可顾此失彼。

医德与病德

前几天值班，碰到一个女患者。

事情是这样子的：这位女士不小心烫伤了一根手指头，觉得自己情况非常严重，于是半夜里在一家人的护送下来到医院看急诊。

我看了一下情况，伤情很轻微，就告诉她没什么大碍，开点外敷药回去抹就行，鉴于疼痛比较明显，回去后先冷疗一段时间，待疼痛缓解后再抹药。

我把治疗方案、药物使用方法，以及各种注意事项包括复诊如何挂号都交代了一遍。

然后那位女士扯着嗓子冲我大嚷："医生，你啰唆半天说完了没有？说完了赶紧给我处理啊？"

我很和气地说："我刚才说的话您一句都没听是吗？没关系，我可以再说一遍。"

然后她就发飙了：“你什么态度？什么叫我一句没听？我到这儿你倒是赶紧给我处理啊？你到底有没有医德啊？”

我说：“我已经处理完了啊，你还想怎么处理？”

她嚷：“你倒是给我处理啊？到了医院你们根本不给处理，你们有没有医德啊？我不用你看了，给我换个大夫！”

正在这时，她老公进来了。好在她老公和母亲还算明白人，她母亲把她拉到门外，她先生在里面和我了解了一下情况。我又把治疗方案和注意事项反复说了两遍，她老公拿了药走了。

整个过程中，那个女士一直在门外歇斯底里地骂医生没医德。而她母亲和老公虽然还算客气，但直到走，都没有说一句道歉的话。

这种事情很罕见吗？你错了，这种事情在急诊和门诊非常常见。这样能被家属拉走的，算是好的。如果你碰上几个喝醉酒、打架受伤的，那能够全身而退算你运气好。

人常说：医患关系。

但是，患者并不是一群教育水平、道德水平及信仰类似的人组成的特定的和稳定的群体。

所有的人都可能成为患者，包括医生有一天也会成为患者。

所以，患者这个词，只是相对于健康人而言。包括各行各业形形色色的人，包含各种信仰、各种教育水平、各种道德水平的人。

固然，患者和家属往往比较焦虑，医务人员需要更大的耐心和宽容。

但是，作为一种双向的关系，在任何情况下我们都不能单方面地把维护良好医患关系的任务交给医务人员，不能要求医务人员承担无限度的责任，更不能要求医务人员无限度地付出人格尊严乃至人身安全的代价。

我曾经转载过北京协和医院万主任的一篇文章，文章讲了这么一件事：有一位女患者无理闯入诊室，强行打断了他的诊疗过程，并要求咨询，但最后被万主任拒绝了。

然而，我竟然收到了这样的留言：“虽然那个姑娘不对，但是你作为医生，怎么就不能对她宽容、客气一点呢？怎么就那么没有医德？”

他们忘记了：医生是有血有肉的人，无论涵养再好，医生也是有底线有血性有脾气的。

泥人尚有三分土性，你偏要医生做唾面自干的圣人？

有张百年前的照片，一直被作为医患关系的典范。

照片的主角之一是梅滕更医师，他在 1881 年至 1926 年任浙医二院前身广济医院的院长。

照片的另一个主角是一位小患者，他彬彬有礼地向梅医师鞠躬，深谙中国礼数的梅医师也深深鞠躬回礼。

这张照片，被无数人视为医生尊重患者、关爱患者的典范。浙医二院的院长更是明确表示，要把这张照片传达出来的尊重患者、关爱患者的精神永远发扬下去。

可是，不知道大家有没有想过一件事情：这张照片中，梅医生是在回礼。是那位懂礼貌的小患者，首先对梅医生鞠躬致谢。

这张温馨的照片中，医生有医德，患者也有病德。医患都有德，才有了这感人的一瞬间。

什么叫病德？尊重医生，遵守就医秩序，医生说话认真听，医生嘱咐认真执行。这是病德。

其实，这都称不上什么病德，这不过是一个人应该拥有的最基本教养罢了。

不知道大家想过没有：

如果，照片中没有那位小患者，只是梅医生孤独地弓着身子，这张照片还感人吗？

如果，照片中梅医生面前站的，是一位刚接受完医生尽心尽力治疗却因为觉得医生对自己的处理不够隆重，于是歇斯底里破口大骂医生没有医德的人，这张照片还感人吗?

遗憾的是，一百年后的今天，在无数的医院、无数的科室，这张照片已经残缺不全了。

那个恭恭敬敬给医生鞠躬的小患者，越来越难见到了。

而那位医生的腰，却在种种的压力下越来越弯。

直到头颅碰到地面，直到尊严跌落尘埃。

请不要以科普的名义制造恐慌

曾经，一篇题为“吃烧烤致10岁男孩七窍流血！医生的呼吁为所有人敲响了警钟”的文章，在网上小小地火了一把。

文中报道了这样一个案例：一个10岁孩子突然出现腹痛和严重的出血倾向，被送到医院，医生考虑中毒导致。经检查，血液中检测出了大隆（溴鼠灵）成分，确诊为鼠药中毒。经反复询问患者发现，孩子腹痛当天曾于放学后在校外吃了几串羊肉串。于是真相大白：是不良商贩为节约成本，用老鼠肉充当羊肉销售，而这些死老鼠肉多半是用抑制凝血功能的老鼠药毒死的，鼠肉内残留了大量的毒鼠药导致了孩子中毒。

这样的不良商贩以毒鼠肉冒充羊肉导致中毒的“案例”或者故事，几乎每隔一段时间就会出现一次，我已经记不清这是第几次听到了。但今天我想要告诉大家的是：这种惊悚故事，基本都是胡扯。

这种胡扯的故事从医生的嘴里讲出来，是非常不应该的。

第一，中毒原因的认定，是一个极其严肃的事情，绝不能随便想当然。

二代抗凝血类鼠药中毒，是不明原因全身出血的常见原因。临床出现疑似病例之后，医院应当立即报卫生行政部门以及国家各级疾控中心进行现场调查，查明原因以防止类似事件再次发生。必要时需要市场监督管理局和卫生部门介入。

中毒的可能性有很多种。家长平时性格温和，从不和人吵架，并不能作为排除有人投毒的理由。更何况，还有很多的其他可能性，比如误食等。

仅仅因为孩子中毒前吃过羊肉串，就在并无确凿证据的情况下认定孩子是吃羊肉串导致的中毒，进而脑补出经营者用中毒老鼠冒充羊肉的故事，这种思维方式，和医闹们“好生生的人打一针就死了”的荒唐逻辑没有本质的区别。

医学可能是最严谨的一个行业，正因为如此，医生也应该是一群最严谨的人。这种基于想象脑补和臆测的“真相大白”，不应该成为医疗从业者的行事方式。

第二，以毒鼠肉冒充羊肉，除非“不良商贩”脑子有问题。

老鼠肉冒充羊肉，在经济上是完全行不通的。老鼠体量很小，一只老鼠想做成肉串，得断头去尾扒皮剔骨掏内脏，加工非常麻烦，而且加工完后剩不下多少肉，根本不够人力成本。

而且，商贩虽然无良，也必定会权衡风险、收益比例。一只死老鼠，费尽心思花费大量时间，投入巨大人力成本，顶多加工成一串“羊肉串”，卖不了几块钱，却要承担毒死人的风险。这种生意，不会有人做的。

事实上，市场上的假羊肉，大都是用廉价鸭肉、猪肉等冒充。

这并不是不良商贩道德水平高，而是经济规律在起作用。

第三，毒鼠肉的故事，不符合科学常识。

这个毒鼠肉故事的理论依据，是抗凝血类的鼠药在老鼠肉内大量积存，导致患者中毒。但实际上，这非常困难。

我就这一问题请教了有关专家，对方表示：鼠药的安全性问题，尤其是二次中毒问题，是国家高度关注的问题，容易导致二次中毒的剧毒性的鼠药（氟乙酰胺等神经毒），国家已经禁止或停止生产。目前使用的二代抗凝类鼠药，并不容易引起二次中毒。

我查阅相关资料也证实了这一点。

以文中提到的大隆（溴鼠灵）为例，这款鼠药之所以成为使用最广泛的灭鼠药物，主要是因为它不仅适口感好，而且食用后不会立刻出现不适症状，需要经过一段时间后才出现毒性反应，让老鼠可以放心大胆吃毒饵。

溴鼠灵确实毒性很强，根据网上数据：大鼠急性经口 LD_{50}[1]=0.26mg/kg。

但问题是，市场上允许销售的溴鼠灵成药，其药物含量一般是 0.005%，也就是十万分之五。市场上也能买到 0.5% 含量的溴鼠灵母液，但使用前要求稀释一百倍，稀释后含量也是 0.005% 水平。

这是一个什么概念呢？这个浓度的毒饵，体重 100g 的大鼠达到半数致死量需要吃 0.5g 以上。10 岁孩子平均体重 30kg 左右，假定药物对人类毒性和大鼠相同，那一个体重 30kg 的孩子要达到半数致死剂量，需要吃 150g 毒饵，这是一碗米饭的分量。

中毒的老鼠，在死亡前会将毒物代谢掉一部分，加工过程中需要去头去尾去内脏，相当一部分毒物会被去除。

由于毒饵的毒物含量有限，老鼠的食量有限，毒物在鼠肉中的分布存留有限，老鼠加工后保留的可食用部分有限，想引

1 半数致死量（median lethal dose）表示在规定时间内，通过指定感染途径，使一定体重或年龄的某种动物半数死亡所需最小细菌数或毒素量。

起二次中毒并不容易。

第四，如果不良商贩贩卖的羊肉串中有大量毒物含量足以致死的毒鼠肉，那中毒的不太可能只有一个人。

第五，发病时间也不对。溴鼠灵中毒后，一般 12 ~ 24 小时发病，3 ~ 5 天病情达到高峰。孩子放学后吃了羊肉串，然后当天发病，这同样不符合溴鼠灵中毒特点。

所以，如果孩子真的是溴鼠灵中毒的话，应该首先考虑直接大量误服毒饵，或少量误服含量高达 0.5% 的溴鼠灵母液，以及被人投毒的可能性。

科普工作，不仅要传达科学知识，更要传播科学的思维方式。希望医学同行们在科普的时候，脚踏实地，严谨细致，不要以科普的名义人为地制造恐慌。

第 5 章

解码关于医学的那些事

我们所享有的，

是在古人心目中只有神仙才能提供的现代医疗服务。

医生们可以剖开胸腹、可以修补心脏、

可以打开颅腔，甚至可以给你更换病变的器官。

现代医学是如何攻克天花的?

一次，一位朋友问我:“如果你能选择的话，你愿意穿越到什么年代呢? 是辉煌大气的汉唐盛世，还是英雄辈出的乱世? ”

我说我都不想去，我认为穿越是件极其悲惨的事情，这种悲惨并非仅仅是因为没有空调，没有 WiFi，没有电视，没有互联网。穿越最可怕之处在于：你将永远失去现代医学提供的健康保障。失去了这些保障，即使你穿越到帝王将相之家，你都会发现活下来是件多么艰难的事情。

乾隆是历史上著名的长寿皇帝，活到了 89 岁，创下了中国皇帝寿命的纪录。乾隆皇帝总共生育了 27 个子女，这些生在帝王之家，拥有当时最好的医疗条件和生活条件，而且继承了乾隆皇帝高寿基因的子女寿命如何呢? 说出来你也许不信，这 27 个孩子的平均寿命只有 24.2 岁。其中女孩的平均寿命为 18.8

岁，男孩的平均寿命为 27.7 岁。有整整 10 个孩子死于 5 岁前，活过 60 岁的只有区区 3 个人。注意，这还只包括活着出生的孩子，那些出生时死亡，难产导致母子双亡的是不计入其中的。

皇家尚且如此，普通百姓就可想而知了。那个年代一个孩子能平安生下来，顺利活够一个月，就需要大摆宴席庆祝一番了。

如果在座的一起穿越到古代一个婴儿的身上，估计一大半人是没有机会活到现在这个年龄的。从母亲体内生出来是你需要经历的第一个生死考验，一旦出现难产，你十有八九没有机会活着生下来。你幸运地来到这个世界上，就面临着种种的危险，天花、破伤风、白喉、百日咳等传染病随时可能会要你的命。一个小小的伤口感染、肺炎和腹泻就可能让你这个天才尚未成年就夭折。更不要提肾炎、癌症、心肌梗死、脑血栓等严重疾病了。

我们被现代医学保护得太好了，从小到大，从生到死，现代医学与我们形影不离。或许正是因为如此，很多人把这一切当成了理所当然的事情。甚至很多人，对现代医学有种种的不满甚至敌意。

接下来我想和大家分享一个关于医学发展史的故事，也许听完这个故事，我们能够或多或少明白，能拥有那些我们早已经习以为常，甚至不屑一顾的医学手段，是多么幸运的事情。为了取得这些医学的突破，我们的前辈们曾经历了何等的艰难困苦，付出了何等的心血和努力。

这是个关于天花的故事。它代表着现代医学的一个很重要的战场，在这个战场上，现代医学已经取得完胜。

1802 年，英法正处在战争状态。一批英国人被法国作为战俘抓了起来。不久后，一封求助信摆到了一代天骄拿破仑的面前，信的内容是请求释放这批英国人。拿破仑本欲不予理睬，但当他看到落款中的一个乡村医生的名字时，拿破仑最终同意释放战俘。他说:“没有人能拒绝这个医生提出的要求。”

这个拿破仑无法拒绝的乡村医生的名字叫爱德华 · 琴纳，他是牛痘接种的发明人，天花的终结者。

天花在人类历史上是赫赫有名的杀手。整个 18 世纪，欧洲死于天花的人数估计为 1.5 亿人。新大陆被发现后，天花被殖民者带到了美洲，美洲与世隔绝，居民从来没有接触过天花病毒，对这种病毒几乎完全没有免疫力，大批地感染和死亡，有人认为，美洲 80% ~ 90% 的原住民死于天花。此后，这个悲剧又在澳大利亚重演，殖民者带去的天花病毒导致了澳大利亚 50% 的原住民死亡。

在天花的牺牲者名单中，不乏位高权重的帝王。罗马皇帝马可·奥勒留、英国女王玛丽二世、法国皇帝路易十五、俄国沙皇彼得二世均死于天花。清朝的 12 个皇帝中竟然有 4 个感染过天花，分别是顺治、康熙、咸丰和同治，其中顺治和同治直接死于天花。

在牛痘疫苗被发明以前，人类对于天花这种恶性传染病，无非就两个办法：一个是被动躲避，一个是主动建立免疫力。

被动的躲避实在是防不胜防，天花传染性极强，可以经过空气飞沫和直接接触传播，而且天花病毒生存能力极强，能耐干燥和低温，在痂皮、尘土和被服上可存活数月至一年半之久。

除了被动躲避，还有一种办法是主动建立免疫力。天花虽然危险，但有一个弱点：得过天花的人会建立长期的免疫力，不再感染天花病毒。于是，就有了人痘：让人主动感染天花病毒，并由此建立长期的免疫力，保证今后不再被感染。

我一直认为，最初的人痘可能来自贫困社会理性而残酷的选择。把一个孩子养大非常不容易，如果好不容易把孩子养大再得天花死亡，那对家庭来讲就是一种极大的损失，与其如此，还不如在孩子小的时候就主动感染一次天花，如果孩子能活下来，那就获得了永久免疫力；如果活不下来，也避免了家庭后续的抚养开支。在这种情况下，一些人可能尝试主动利用从天花患者身上采取的痂皮、脓疱液或者患者穿过的衣物作为载体，将痘“种”到健康孩子身上，让孩子主动感染天花并获得免疫力，这就是人痘的起源。

不同的天花毒株毒力并不完全相同，患者发病相应有轻有重。选择痘苗的过程，其实也是一个人择的过程。如果我们选择从病情最轻微的患者身上采取痘苗接种给许多正常人，再从这些感染者中选择反应最轻微的人，作为新的痘苗供体接种给另一批人，如此不断反复，我们就可以选择出毒力越来越低，越来越安全的减毒痘苗。

在实际操作过程中，早期的种痘人虽然不了解这些原理，但他们毫无疑问会倾向于选择那些病情较轻的患者作为痘苗的供体，这样随着时间的推移，人类就慢慢获得了相对安全的低毒痘苗。人痘法在康熙时代走入宫廷，并逐渐从中国传向世界，其间被不断改良，成为人类对抗天花的第一个重要武器。

应该说，人痘是人类历史上第一种有据可考的疫苗，也是中国人的骄傲。

但是，人痘法有难以克服的致命缺陷。首先是安全性。人痘是活的天花病毒，减毒减得再好，也难以保证绝对安全，每100个接种人痘者中，就会有2～3人死于接种导致的天花。此外，人痘的防护率也不是百分之百。1723年，波士顿天花流行中没有接种的人患天花的死亡率为 15%，接种人痘的死亡率为 2%。

最后一个很重要的问题是，由于人痘是活的天花病毒，接种过程其实就是感染天花病毒的过程，被接种者其实就是天花患者，这有可能人为地造成天花病毒的流行。为解决这个问题，欧洲首创了“通风屋”制度，让接种者留在屋内观察，直到感染风险过去。这大大增加了接种的花费。

以上种种，大大限制了人痘的使用，而天花也依然日复一日地肆虐和收割无数的生命。直到一个人用自己的智慧和努力改写了人类苦难的历史。

1749 年，英国格兰特郡的一个普通教师家庭里，一个后来成为天花终结者的男孩出生了，他的名字叫爱德华 · 琴纳。

琴纳小时候接种了人痘，这段可怕的经历给他造成了巨大的痛苦，并留下了耳鸣的后遗症。琴纳小时候的玩伴皮克，则在接种人痘后死去。

琴纳后来成为一名医生。18 世纪 70 年代，在给别的医生当学徒期间，琴纳注意到了一个欧洲流传已久的传说：放牛郎和挤奶姑娘不得天花。

牛痘，即牛天花，并不常见，但一旦传入牛群就会感染许多头牛，牛的乳房会出现局部溃疡，会影响牛的健康和产乳。

破口的地方传染性很强，给这种牛挤奶后很容易感染牛痘病毒，并出现手部的脓疱或者溃疡。

牛天花病毒几乎是上帝馈赠给人类的对抗天花的终极疫苗武器。它对人致病力极弱，只有少数患者会出现低热和全身不适，但不会致死；它与人天花病毒有相同的抗原，人感染它后就会获得对人天花病毒的长期免疫力；它不通过空气传播，只能通过人与人接触传播，而且必须有皮肤的溃疡或者破口。

琴纳以一个医生的严谨，对牛痘进行了近 20 年的观察和研究。在确信自己有足够把握后，1796 年 5 月 14 日，他从一个叫萨拉 · 内尔姆斯的姑娘手腕上的一个牛痘脓疱中取出痘苗，接种到一个叫詹姆斯 · 菲普斯男孩手臂上的两个小小的人工伤口上，男孩仅有轻微的不适症状。1796 年 7 月 1 日，琴纳再次给这个男孩接种了人痘疫苗，男孩没有出现任何感染征象。

1798 年，琴纳发表了他那篇伟大的著作《牛痘的起因与后果——英格兰西部某些郡的调查》。此后又相续发表了《牛痘的进一步观察》和《与牛痘相关的事实和观察的继续》。雄文三篇，字字千金。人类终于敲响了肆虐千年杀人无数的恶疾天花的丧钟。

在各国政要，包括拿破仑、亚历山大一世等人的大力支持下，牛痘接种法迅速在欧洲和全世界推广开来。

1980 年 5 月 8 日，世界卫生组织在肯尼亚首都内罗毕宣布，危害人类数千年的天花已经被根除。

但是，现代医学在不同的战场上取得的成绩并不相同。对于一些疾病，我们无法根治但可以用药物长期控制，使患者过上接近正常的生活。还有一些疾病，我们难以预防但可以通过手术等手段战胜。更甚者还有一些疾病，我们已经可以通过疫苗等手段预防乃至彻底消灭。当然，还有一些疾病目前的疗效尚不满意，甚至没有很好的治疗手段，但我们在缓慢且扎实地不断取得成绩，终将战而胜之。

关于难产的那些事

我们知道有一种人类暂时无法完美预防和消灭的疾病，那就是难产。现代处理难产的关键技术，就是剖宫产。

几百万年前，人类从大地上站立起来，开始直立行走。直立行走解放了双手，也促进了大脑的发育。但是，人类为了直立起来，也付出了很大的代价。

人类直立起来以后，两腿需要向中间并拢才能保持平衡。如果两条腿分得很开，那你抬一条腿的时候，另一条腿就难以保持躯体直立。动物不存在这个问题，当动物抬起一条腿的时候，它还有三条腿可以支撑。两腿向中间并拢的结果，是限制了骨盆的宽度。而骨盆是胎儿娩出的必经之地。

更要命的是，随着人类的进化，人的脑容量越来越大。脑容量大了，脑袋自然也越来越大。脑袋在变大而骨盆在变小，结果就是我们在产科常听到的一个词“头盆不称”，意思是相对于母亲的产道来说孩子脑袋太大了。而现代物质极大丰富的时代，孕妇胡吃海塞，又容易导致胎儿体重过大，增加分娩困难。

怎么办呢？人类在进化中选择了让孩子早点出生。对比一下其他哺乳动物，我们可以看到，人类的孩子出生得实在太早了。其他的哺乳动物生出来就能走能跑，而人类的孩子依然是一个毫无自我保护能力的胎儿，需要母亲辛辛苦苦养到三四岁，才能像刚出生的小马、小牛一样具备基本的活动能力。

但即便如此，生孩子对人类的母亲来说依然是一个近乎极限的运动。胎儿要在母亲的产道中变换多种姿势，让母亲承受巨大的痛苦，才能娩出。

千百年来，难产一直是一个令人望而生畏的名词。一旦出现难产，结局往往是母子双亡。

为了对付难产，人类曾经发明了一种在现代人听起来血腥残忍的手术：毁胎术。这个手术，是在出现难产的时候，把难以娩出的胎儿处死，把胎儿过大的颅内容物排出，缩小头颅大小，把胎儿肢解成碎块取出来，牺牲胎儿保全母亲。我就不再详细描述手术的过程，免得大家无法接受。

这种手术现在听起来令人不寒而栗，但这曾是医学的一大突破，因为这种手术至少保全了母亲，胜过母子双亡。

使难产不再成为产妇鬼门关的，是剖宫产技术的成熟。而这种成熟，经历了极其曲折的过程。

1610 年，两位外科医生为一位产妇施行了第一例有确切记载的剖宫产手术，产妇在术后 25 天死亡，婴儿却活了 9 年。由于技术和器材的落后，当时的医生只知道切开腹壁和子宫，不懂得缝合子宫切口，而是听任其自然收缩止血。大多数产妇在行剖宫产手术后，不是死于出血就是死于感染。

为了解决剖宫产术后的出血问题，医生曾经广泛采用一种手术方式：在剖宫产后切除产妇的子宫。这将使得女性永远失去生育功能，即使如此，手术死亡率仍然高达四分之一。

直到 1882 年，美国医生萨恩格把孕妇的子宫前壁纵行切开，取出胎儿，然后将子宫的切口缝合起来，使得她们以后仍可再次妊娠、分娩，这是剖宫产历史上的一个重要转折。1912 年，克罗尼格首次施行子宫下段剖宫产术，对剖宫产术做出了革命性的贡献。以后不断改进手术方式，逐渐形成了现在的下腹壁横切口子宫下段横切剖宫产术。

剖宫产，从第一次有确切记载的探索，到最终成熟，经历了整整 300 多年的时间。

今天，剖宫产手术已经成为一项非常普及而且非常安全的手术，人类终于告别了那个可怕的年代。现代女性在生孩子的时候，依然有可能遇到羊水栓塞等致命的并发症，但总体而言，生孩子已经远不是一件危险的事情。

作为一个医生，在回顾这些历史的时候，面对那些伟大的先辈，我常有种想下跪膜拜的感觉。他们的盖世才华和殚精竭虑，艰难地、一步步地推动着医学的进步，使千千万万的生命得以挽救。

烧伤传奇之微粒皮的故事

中国医疗在整体上可能依然落后于发达国家，但在一个专业上，其临床救治水平处在欧美发达国家望尘莫及的领先地位，这个专业，就是烧伤。

特大面积重度烧伤患者想要救治成功，需要解决的最大困难是创面修复问题。能不能在有限时间内，利用残存的极少量皮肤去修复面积数十倍于此的深度烧伤创面，是大面积烧伤患者能否存活的关键。

而微粒皮技术，就是目前中国烧伤界使用最广泛的特大面积创面修复技术。这一技术，是北京积水潭医院烧伤科和中国医疗界对现代医学发展做出的杰出的、原创性贡献。

在中国，只要是正经科班出身的医生，只要学过《外科学》并且考试及格的，一定都知道微粒皮技术。在中国，只要从事大面积烧伤抢救的医生，没有人不会微粒皮技术。

微粒皮技术的发明人，是我师父的师父，张明良教授。遗憾的是，我来到北京积水潭医院的时候，他老人家已经退休了。

张明良教授，是北京积水潭医院烧伤科的一段传奇。

2003 年，当我刚到北京积水潭医院读书的时候，中华烧伤外科学分会为庆祝分会成立 20 周年，出版一个纪念册记录了中国烧伤专业的发展历史，里面有协会知名专家的介绍。

张明良老爷子的那段介绍是他自己写的，相对于其他专家动辄半页、一页纸的篇幅，张老爷子的自我介绍连头衔加起来只有简单的不到六行字的内容。

张明良，中华医学会烧伤外科分会第三、四、五届委员。

男，1937 年 7 月出生。从 1959 年毕业到现在，干烧伤整形工作已 40 多个年头，治过的患者也不算少，能治活的都治活了，治不活的也没治活，遗憾。做过一点科研，写过一点文章，得过什么奖，惭愧。忝任几届烧伤学会委员，挂名；几本杂志编委。仅此而已，何足道哉。

当我第一次看到这个介绍的时候，我不由得和科室的老师们感叹：“张老爷子真是个谦虚的人啊，瞧这句话‘能治活的都治活了，治不活的也没治活’，和那些整天吹嘘自己手到病除的医生比起来，老爷子真是高风亮节，谦逊得过分。”

一位前辈悠悠地对我说：“张老爷子优点特别多，但谦虚好像并非其中之一。小宁同学，请你仔细再品品这段话‘能治活的都治活了’，你听听，能活的都活了，只要能活，都治活了，中国哪个医生敢说这话？你管这叫谦虚？”

我琢磨琢磨回过味来，不由得哑然失笑，说：“能治活的都治活了，这是吹牛啊。”

前辈摇摇头说：“老爷子虽然不谦虚，但还真没吹牛，至少从我到科里那天起，他管的患者，能治活的确实都治活了，我就没见他失手过。”

然后前辈给我讲了一个故事：某次，某地几名战士大面积烧伤，张老爷子把最危重的烧伤面积超过体表 90% 的患者收到了自己名下，其他几个烧伤面积 50% ~ 60% 的较轻患者则收到了别的地方。结果，张老爷子的患者从头到尾平安无事、风平浪静，而另外几个患者则是今天呼吸衰竭、明天肾衰竭、后天败血症，天天惊涛骇浪、惊天动地，各种先进治疗手段先后上马。最后救治结束后，患者单位相关领导把天天报病危的几个患者的主管医生和医院好好感谢表彰了一番，张老爷子这边领导连来都没来，因为领导都觉得他治的患者肯定不重，要不然怎么从头到尾平平静静啥事儿没有。

而老爷子根本就不在乎。

最后前辈为我注解了一下这个自我介绍：

老爷子 1959 年毕业于北京医学院，也就是现在的北京大学医学部，是当时毕业的名牌大学生，那个年代的天之骄子。

而老爷子说的“得过什么奖”，则是国家发明三等奖，得奖的理由，就是赫赫有名的“微粒皮肤移植”技术。

中国的优秀医生，包括我这样专家级的医生很多。但是，再优秀的医生，也是凡夫俗子，也终究会随着年龄的增长和技术水平的下降而逐渐被淘汰和遗忘。

但有极个别的医生，则已经超凡入圣，可以名垂青史。那些名垂青史的医生，无一不为医学的发展做出了杰出的原创性贡献，大大推动了医学的进步和发展。

一个医生无论技术多么优秀，一辈子能救活的人终究有限。但发明出一种得以广泛应用的抢救技术，则可以救活无数患者。

微粒皮技术就是这样一种技术。

我一直很好奇，30 多年前，张老爷子是如何天才地发明了微粒皮技术？是不是那天老爷子坐在苹果树下乘凉，忽然一个苹果落下来砸在他脑袋上，让他获得了灵感。

后来有一次会议上，我见到张老爷子，当面问了他一下这个问题，老爷子淡淡地说：“没什么啊，我就是突然想出来了。”

我不死心，又找了几个参与了该技术发明的前辈询问了一番。由于时间久远，描述各有出入，但比较一致的版本大概是这样子的：

那是 1985 年或者 1986 年的夏天。

那时候的北京积水潭医院，已经是国内顶级的烧伤中心，但在创面修复上，采取的依然是当时通行的大张异体皮覆盖加小块自体皮嵌植技术，手术时间长，工作量大，效率低。如何提高手术的速度和效率以更好地保障患者的安全，是当时烧伤界一直在摸索的问题。

恢复高考后，北京积水潭医院烧伤科那几年终于补充了不少正规科班出身的新鲜血液，新来的年轻医生以北京医学院毕业生为主。

那时候大家都住在集体宿舍，共用一个公用水龙头洗漱。年轻人在一起，难免经常打打闹闹。

那一天，大家吃完饭在水龙头那里刷碗，一个医生漱了漱口，把漱口水吐到了下水池里，里面有不少残余的饭渣。旁边刷碗的同事觉得他挺恶心的，就取笑他：“等明天到手术室里，给你取块人皮放嘴里，你嚼碎了就这么往患者创面上一吐，哇，植皮结束了。”

大家正在打闹，突然有人喊：“张主任来了！”

张老爷子平时不苟言笑，对下级甚是严厉，大家都有些怕他，于是大家赶紧一哄而散。

然而有一个年轻医生跑得慢，被老爷子叫住了。那个年轻医生姓张，刚刚从北京医学院毕业没几年，还是个住院医生。

张老爷子看到一群人先是哄笑继而一哄而散躲着他，不由得有些奇怪（我猜他可能怀疑是不是这帮年轻医生在背后说领导坏话），于是就问怎么回事。

张住院医生不敢怠慢，就把大家的玩笑一五一十地向张明良主任汇报了一遍。

事实证明，张住院医生就是那个砸在老爷子脑袋上的苹果。

那一刻，张老爷子脑袋里一道闪电划过，一个天才的主意诞生了：能不能把患者的自体皮片剪成极小极小的微粒，然后均匀移植到烧伤创面上，以获得最大限度的扩增效果？

当然，从一个模糊的念头到成为一个被证明可行的技术，还有很多艰苦的研究工作。

比如，如何保证微粒皮片移植时真皮面朝向创面？这是一个极其棘手却必须要解决的问题。在经过无数次的实验和尝试之后，最终张老爷子以盐水漂浮和绸布转移法解决了这个问题。实验用的第一块绸布，是老爷子使唤张住院医生骑着自行车大老远去瑞蚨祥买的。

在攻克了一系列难题之后，微粒皮技术一应用于临床就取得了令人难以置信的巨大成功，皮片扩增比例可以达到 1:10 甚至 1:20 的水平。

1987 年，北京积水潭医院的微粒皮技术，获得国家发明三等奖，并很快在全国推广，成为治疗大面积烧伤的最经典手术。数十年来，挽救了无数患者的生命。

微粒皮技术，是以北京积水潭医院为代表的中国烧伤界，对现代医学做出的伟大贡献。

2003 年，张明良老爷子已经退休。当年骑自行车跑腿买绸布的张住院医生，已经成为大名鼎鼎的张国安教授、北京积水潭医院烧伤科主任。

这一年，一个年轻的胖医生来到烧伤科，天生路盲的他一进医院就转晕了，在迷宫般的医院里绕了半天后终于找到张国安教授的办公室，忐忑不安地敲开了门，并最终成为张教授的开门弟子。

又过了十几年，这个胖医生一时兴起，在当时还是新生事物的微博上注册了一个 ID：烧伤超人阿宝。

协和“切错梁启超的肾”和“年收入1700亿元”？

北京协和医院（以下简称协和），作为中国医疗的旗帜与象征，大概是被抹黑、被造谣最多的医院了。

别的不说，关于协和年收入1700亿元的谣言，在中国可以说是尽人皆知，时不时就会在朋友圈热闹一番。

如果去网上搜索一下的话，你就会发现这个年收入1700亿元的谣言流传多广，也大概能猜出来这个谣言是什么人造的。

在网上，绝大部分以“协和年收入1700亿元”为开头的文章，都是在痛心疾首地批判中国看病难看病贵、中国医生黑心、中国医生该死之后，开始推销保健品或者保健术。可以合理推测，这个谣言最初大概就是一帮保健品骗子编出来并广为传播的。

令人哭笑不得的是，无数人在听到这个数字后就毫不犹豫地相信了，并一边痛骂医生一边帮着传播，其实稍微用点脑子就不难发现这个数字的荒唐之处：北京 2017 年的 GDP 总量才 2.8 万亿元，一个医院怎么可能有 1700 亿元的收入。

协和的真实年收入是多少呢？根据医改专家朱恒鹏先生给我提供的数据：2015 年，协和年收入 48.6 亿元，结余 1.45 亿元，其中财政投入 2.6 亿元，科教项目 2.9 亿元，医疗收入 42 亿元。也就是说，仅仅考虑医疗收入的话，协和实际是亏损的。

倒是门急诊手术量只有协和几分之一的美国梅奥诊所，2016 年的年收入高达 110 亿美元，相当于近 800 亿元。

除了年收入 1700 亿元外，关于协和流传最广泛的另一个谣言，大概就是“协和误切梁启超肾脏”了。

这个谣言流传至今，几乎成了所有人深信不疑的真实历史。我出去开会的时候，有的专家竟然拿梁启超被切错肾脏，却不追究协和责任为例来呼吁患者包容医生的错误。

甚至电影《邪不压正》中，也有这么个桥段：

李天然到协和任职后，协和院长带他到一个肾脏标本面前宣誓。

李天然问：“为什么大家要冲着一个肾宣誓？”

院长说："这是医院犯的一个错误，有位患者右肾有问题，要做手术割掉，却误割掉了健康的左肾，而有病的右肾依然在患者的身体里。现在大家看到的就是那颗健康的左肾，我们要引以为戒。"

李天然问："这么离谱的手术是谁主刀？"

院长说："这个人就是，我……"

电影中的主刀医生就是协和医院的第一任华人院长、留学哈佛医学院的博士刘瑞恒。而这颗肾脏的主人，就是大名鼎鼎的梁启超了。

事实真相如何呢？

2006 年，协和医院展出了梁启超的病历，结合梁启超出院后其弟弟梁启勋先后在晨报和大公报发表的《病床日记》《病院笔记》两文，以及梁启超本人术后发表的《我的病与协和医院》，还有梁启超儿子梁思成在其父去世后写的《梁任公得病逝世经过》，我们不难还原梁启超在协和诊疗的真实经历。

1924 年，51 岁的梁启超出现了病因不明的尿血。由于尿血不严重也没有其他伴随症状，他并不以为意，没有及时治疗。后来病情加重，加之夫人去世使他开始担心自己的健康，于是开始求医。

梁启超先是去了北京一家当地的德国医院，德国医生为他做了全面检查，排除了泌尿系统结石和结核，但未能查明其尿血原因。于是梁启超又去看中医，请当时号称京城四大名医的中医萧龙友诊治，萧对他说尿血不是急症，任他尿个二三十年也没关系。

名医的回答肯定不能让梁启超满意，而且他由于夫人刚刚因癌症去世，很担心自己患有癌症，于是决定到当时最先进的协和进行全面检查。

协和医生的诊断顺序，即使以现在观点看也是非常科学的。

血尿首先考虑泌尿系统问题，而泌尿系统包括尿道、膀胱、输尿管、肾脏。

按照先易后难的顺序，医生首先查明他的尿道和膀胱都正常，鉴于梁启超之前已经排除了结石和结核，输尿管病变的可能性也不大。那最可疑的病变部位就是肾脏了。

到底是哪个肾脏呢？医院又对双肾进行了一系列检查，发现肾脏排泄功能左侧强于右侧，而且左侧尿液“其清如水”，右侧排泄物则带血。至此，医生将病变部位锁定为右肾。

然后，医生对右肾进行了 X 光检查后，发现右肾有一个樱桃大小的阴影。医院多位专家认为：这个阴影应该是肿瘤，是导致梁启超尿血的原因。

到这一步，可以说，在当时的技术条件下，医生的判断应该是合情合理的：检查提示病变在右肾，右肾影像学检查也确实发现了肿瘤，而恶性肿瘤也确实可以导致尿血。

于是，医院建议切除右肾。从医学观点来看，这个决策也是合情合理的，因为肾脏肿瘤极少有良性且良性肿瘤不会导致尿血，而恶性肿瘤不仅会导致尿血，更会短时间内危及患者生命。

手术由医院院长、外科专家刘瑞恒主刀，一名美国医生做助手。右肾顺利切除。

然后，问题来了。

首先是右肾病理检查显示肿瘤为良性，并非恶性。然后是梁启超做了手术后依然有血尿症状，尽管是镜下血尿，但确确实实有血尿。

没办法，协和医院最后只能诊断为“无理由之出血症”，相当于我们现在说的“不明原因尿血”。梁启超在住院 35 天后，出院回家。

此后梁启超的血尿反复发作，而且每次严重劳累后都会加重，直到 1929 年去世也未能痊愈。

以现代医学观点来看，我觉得梁启超有可能是 IgA 肾病之类的肾炎，合并右肾良性肿瘤。

手术没有达到预期效果，梁启超的弟弟梁启勋难免有些不满，他随后在报纸上发表的《病院笔记》里面，对这种不满之情溢于言表。这篇文章引起了轩然大波，协和也一时陷入舆论漩涡。

梁启超的学生徐志摩跟着写了一篇《我们病了怎么办》，气势汹汹地要求协和给个说法。文章写道：

“协和最能干的大夫替他下了不容疑义的诊断，说割了一个腰子病就去根。腰子割了，病没有割。”

“最后的答话其实是太妙了，说是无原因的出血（Essential Hoematuria）。”

“但假如有理可说的话，我们为协和计，为替梁先生割腰子的大夫计，为社会上一般人对协和乃至西医的态度计，正巧梁先生的医案已经几于尽人皆知，我们既不敢要求，也想望协和当事人能给我们一个相当的解说。让我们外行借此长长见识也是好的！”

鲁迅则对此颇不以为然，写了一篇《马上日记》嘲讽徐志摩等人：

“自从西医割掉了梁启超的一个腰子以后，责难之声就风起云涌了，连对于腰子不很有研究的文学家也都‘仗义执言’。同时，‘中医了不得论’也就应运而起；腰子有病，何不服黄芪欤？什么有病，何不吃鹿茸欤？但西医的病院里确也常有死尸抬出。我曾经忠告过 G 先生：你要开医院，万不可收留些看来无法挽回的患者；治好了走出，没有人知道，死掉了抬出，就哄动一时了，尤其是死掉的如果是‘名流’。”

不用说，这个“连对于腰子不很有研究的文学家”就是指的徐志摩等人。

倒是身为患者的梁启超，对此颇为大度，他特意写文章为医院和医生辩解：

“右肾是否一定该割，这是医学上的问题，我们门外汉无从判断。但是那三次诊断的时候，我不过受局部迷药，神志依然清楚，所以诊查的结果，我是逐层逐层看得很明白的。据那时的看法罪在右肾，断无可疑。后来回想，或者他‘罪不该死’，或者‘罚不当其罪’也未可知，当时是否可以‘刀下留人’，除了专门家，很难知道。但是右肾有毛病，大概无可疑，说是医生孟浪，我觉得冤枉。”

梁公毕竟是大才，此论可以说极为公允。按照当时的医疗水平，医生的诊疗过程是挑不出什么毛病的，这事只能算是限于医学水平难以避免的“医疗意外”，却绝不是什么“医疗事故”。

而且，梁启超也说得明明白白：术前认为“罪在右肾”，而切除的也是右肾。

梁启勋虽然对治疗结果有些不满，但在《病床日记》中也清清楚楚地写着：

“由协和泌尿科诸医检验，谓右肾有黑点，血由右边出，即断定右肾为小便出血之原因。及右肾割去后，小便出血之症并未见轻，稍用心即复发，不用心时便血亦稍减。”

梁思成在梁启超去世后，在《梁任公得病逝世经过》中也记录得很清楚：“入协和医院检查多日，认为右肾生瘤，遂于3月16日将右肾全部割去，然割后血仍不止。”

到这一步，我们应该很清楚了：梁启超术前医生准备切除的是右肾，手术中切掉的也是右肾。而患者和家人术前也都知道要切的是右肾。

再看上面要求协和医院给个说法的徐志摩等人，也只是指责“腰子切了，病没有割”，而没有说医院把好肾切除留下了坏肾。

那么，协和医院搞错左右误切梁启超好肾的谣言是哪儿来的呢？

《清华园里的人生咏叹调》作者李昕老师和《西医东渐史话》主编亓曙东老师均认为：这个谣言，最早见于费正清夫人费慰梅1997年出版的《梁思成与林徽因》。

费在书中说梁思成在 1971 年从协和医生口中得知了父亲去世的真相：

“鉴于梁启超的知名度，协和医学院著名的外科教授刘博士被指定来做这肾切除手术。当时的情况不久以后由参加手术的两位实习医生秘密讲述出来。据他们说，在患者被推进手术室以后，值班护士就用碘在肚皮上标错了地方。刘博士就进行了手术（切除那健康的肾），而没有仔细核对一下挂在手术台旁边的 X 光片。这一悲惨的错误在手术之后立即就发现了，但是由于协和的名声攸关，被当‘最高机密’保守起来。”

这个惊人的消息的来源和佐证呢？费也讲了：

“上海的张雷，梁启超的一个好朋友，和两位实习医生也很熟，把这些告诉了我，并且说：‘直到现在，这件事在中国还没有广为人知。但我并不怀疑其真实性，因为我从和刘博士比较熟识的其他人那里知道，他在那次手术以后就不再是那位充满自信的外科医生了。’”

也就是说，这个费女士在事隔 70 年后突然提出来的，将协和医院置于不仅技术不精而且医德沦丧至天理难容之地步的惊人指控，是她从一个梁启超朋友那儿听来的，而这个朋友又是从协和医院实习医生那儿听来的。

作为这个传言唯一佐证的，是“他在那次手术以后就不再是那位充满自信的外科医生了”，而这一点，又是费慰梅从刘博士熟人那里听来的。

这是不是有些太儿戏了？

不仅如此，费慰梅还把梁启超手术时间给写错了，梁启超是 1926 年做的手术，她写成了 1928 年。梁启超是 1929 年去世的，她这样就给人造成一种印象：梁启超是被协和医院的手术事故害死的。

说协和医生事后“严加保密”，这简直令人无语。

这事有可能“严加保密”吗？难道术前医生不给梁启超和家人解释手术的原因？不告诉他们准备切哪个肾？作为高级知识分子，难道梁启超先生和家人连手术切口在左侧还是右侧都分不清？

梁启超出院后，媒体对此事极为关注以至于成为当时舆论热点。梁启超兄弟梁启勋在媒体发表文章表示不满，梁启超的学生徐志摩等人更是气势汹汹地在媒体上找协和讨说法，如徐志摩文章所言：“梁先生的医案已经几于尽人皆知。”协和医院有多大能耐能“严加保密”？

由于费慰梅的身份，其说法被大众不加辨别地接受了。就这样，协和医院给梁启超手术时弄错左右，误切好肾保留了坏肾之说，和那个“1700 亿元”的流言一样，逐渐流传全国，愈传愈真。

谣言逐渐变成信史，中国现代医学重要的开拓者，医学巨星刘瑞恒博士，为此长期背负污名。直到现在，百度百科在“刘瑞恒”词条下还用大段篇幅讲他错切梁启超肾脏的事情，简直是千古奇冤！

协和也被无缘无故扣上了一个大大的屎盆子，直到今天依然无法洗清。

出于对费正清先生和梁思成先生的尊重，对造谣者我就不说脏话了。

谨以此文，还刘瑞恒前辈，还北京协和医院，还中国医疗一个清白。

谈谈我对网络医疗的感受

网络医疗这些年比较火，各种各样的服务和产品层出不穷。作为一个一线医生，这些年也经历和体验过各种各样的网络医疗服务模式。闲来无事，忍不住也想谈谈自己的一些体会和看法，给这个热火朝天的产业泼一点冷水。

说实话，我年轻精力旺盛的时候，也曾经热火朝天地以医生的身份参与过很多网络医疗服务，但是现在基本上已经没什么兴趣了。以前在一些特别知名的网络医疗服务网站注册的密码，都忘得差不多了。我相信，类似我这种情况的绝非个例。

最初的网络医疗咨询服务是很粗糙的，感兴趣的医生去这些网站注册一下，稍微严格点的也无非是让你提供执业医师证之类的做个认证，然后你就可以在网上分门别类地回答患者的各种医疗问题。这种服务是完全自愿和免费的，几乎没有任何回报，顶多是积分多了换点纪念品什么的。

就我的体验而言，这种服务模式并不太好。

有些网站不进行资格验证，有些只进行很粗糙极易造假的验证，这使得假冒伪劣医生泛滥成灾。

我就经常碰到这样的事情：某个患者问，骨髓炎该怎么治疗？于是我热心地去介绍规范的治疗方案和手术方法。还没介绍完，就蹦出来一个骗子，向患者声称某某专治骨髓炎，不开刀不手术，只需采用某某家传秘方就能短期内彻底治愈。一开始碰到这种骗子，我都忍不住和他们争吵，试图讲清楚道理。但最终我发现我这个全国顶级烧伤科的专业医生，在这种地方基本是斗不过骗子的。

此外还有很多卖各种假药的，某贩卖无证假药的骗子几乎整天泡在这些地方，每当有患者询问烧烫伤该怎么处理，他就推销自己的假药，声称三度烧伤不手术不留瘢。某些坑蒙拐骗的民营医院也有专人泡这些地方，能骗一个是一个。

这种网络医疗服务的混乱是显而易见的，好在没持续太久。一些更规范、更专业的网络医疗服务出现了。

这些网站的工作人员深入医院，动员医生和他们合作，让大量专业医生进驻，杜绝了上面的各种乱象。在这些网站上，医生所在医院，所从事医学专业，以及擅长治疗疾病都写得清清楚楚。患者可以选择医生发问，医生可以选择问题回答，有过该医生诊治经历的人还可以留言评价。

应该说，这种模式较原来跨出了一大步，使得网络医疗服务开始规范化。但是，这种模式依然有非常致命的缺陷。

第一是信息传递效率极低。患者提出问题，医生看到了给个回复，然后患者还有问题继续追问，医生看到了再给个回复。即使双方都在线上不停地互动，这个效率也和当面诊治没办法比，当面能三五分钟讲明白的问题，以这种方式可能三五个钟头甚至三五天都讲不清楚。

第二是能传递的信息过于单一。现实生活中正常的医疗行为包括以下几个步骤：首先是问诊，问清楚患者的症状演变等各种必要的信息。然后是查体，按照视触叩听的顺序对患者进行全面又有重点的检查。再然后，是做必要的辅助检查，比如查血、查心电图。最后，是综合上述各种信息提出诊断治疗方案。

网络医疗服务完全做不到这一点。除了问诊能收集的信息相对完整外（而且要比当面诊治多耗费大量时间），其他信息只能靠患者自己根据以往就诊结果提供，这很困难，除非患者咨询前做大量准备工作或者有专业人员指点。事实是患者常常糊里糊涂，一问三不知，最终只能建议患者当面诊察。

第三是患者的随意性太大和医生兴趣的下降。在这种网站，患者往往是把同一个问题发给几个乃至十几个同专业的专家，一副不问白不问的架势。有些动机不纯的患者，为了和医生、医院打官司，有时候把医疗纠纷鉴定中的病例拿出来进行诱导性很强的提问，一旦医生回复不严谨，很容易被曲解利用，造成隐患。

而医生呢，由于没有报酬或者报酬低到可以忽略不计，很多医生也缺乏一种严肃认真的态度，将其视为一种工作之余的消遣，三言两语就把患者打发了。

第四是双方权益都没有保障。按照国家规定，远程医疗行为是不被允许的，而医生执业地点也只限于所注册医院。网上这种医疗服务到底是视为医疗行为还是只是一种健康咨询？这在法律上属于盲区。这种情况下，进行咨询的患者和回答咨询医生之间的关系难以认定，这对双方都有巨大的法律风险。一旦出现纠纷，解决起来就非常麻烦。

综上所述，这种网络医疗服务虽然比以前的有了很大进步，但与正常诊疗比起来，效率低，效果差，风险大。再加上优秀医生工作繁忙而这种服务几乎没有报酬，很多医生在新鲜感过去后，都选择了淡出。

在这种网站上，很多著名专家的名字依然在列，但他们是否还会回答问题，以及是否是他本人在回答问题，就不好说了。在网上活跃的，往往是些精力旺盛的低年资医生和患者相对缺乏的基层医院医生。高价未必质优，但免费的或者基本免费的服务，肯定水平高不到哪里去。

当然，医生水平的问题并非不能解决，现在一些网络医疗服务开始采取付费咨询的方式，通过有偿服务来吸引高水平的医生。这又比原来进了一步。

但是说白了，网络只是提供一个交流平台，而绝大部分的诊疗行为是难以仅仅通过语音文字和图片的交流就能解决的。这使得网络医疗在很长时间内会处在一个极其尴尬的位置。

如果是小毛病，随便到个社区医院花几元钱挂个号就解决了，何须跑到网上找名医？如果是大毛病，哪个医生敢凭网络沟通就给你诊断处理？况且，很多疾病的处理不是医生说两句就可以，其治疗措施必须到医院由医务人员执行。你在网上啰啰唆唆半天，最终不还是得去医院排队挂号吗？

在我看来，开发网络医疗产品的时候，最好收敛一下自己的野心，不要真的试图以网络医疗挑战乃至替代现实医疗。在可以预见的将来，暂时是不可能的。

那么网络医疗完全没有价值吗？也不是，关键你要选好定位。网络医疗最好的定位，就是利用网络的便利快捷，给现实医疗提供帮助，而不是试图与其竞争。

我手机里面仅有两款网络医疗服务类的应用软件，这两款软件是帮助医生对出院患者进行随访和指导的，目的性和实用性都非常强。

患者的治疗往往是一个长期的过程，比如烧伤患者，严重烧伤患者出院后，需要进行长时间的抗瘢痕治疗和功能锻炼，很多还要择期进行各种整形和功能重建手术，患者需要医生专业而长期的指导。

由于中国优质医疗资源过于集中，大医院的患者往往来自全国各地。这些患者出院后，在当地得不到妥善的后续医疗服务，而往返北京复查的成本又过高，常使得患者苦不堪言。

对于这种患者，医生有时候为了避免患者奔波，会选择将电话号码留给患者。但这样也带来一些问题，一方面，号码的外泄有时候会给医生造成一些困扰；另一方面，需要后续指导的患者肯定不止一两个，这常意味着医生要花大量时间、精力进行无偿的劳动。

如果某些手机软件提供一个医患交流平台，把选择医生的主动权放在医生手里，医生可有选择地将需要随访的患者纳入这个平台，无疑会对医生极有帮助。并且自己的患者自己管，不会有其他人的干扰。

由于医生本来就是患者住院期间的主管医生，对患者的情况了解得比患者本人都清楚，这足以保证这种咨询服务的质量。对患者而言，很多问题可以直接通过平台解决，也可以大大节约自己的时间和金钱成本。对医生而言，把诊室有限空间留给了真正需要的患者。

我相信，如果依照这种为临床提供帮助和便利的思路去设计医疗产品，也许市场不会特别大，但其准确的目标和定位，使其会有很大的机会取得成功。

总之，网络医疗服务并非没有前途，但是应该找好自己的定位。由于医学固有的特点，网络医疗服务不可能替代现实医疗，甚至连与其竞争都不可能。网络医疗服务应该选择为现实医疗提供便利和帮助，在此思路下，才能开发出真正有价值的产品。否则，无论再热闹，也只是黄粱一梦而已。

“一元村医”背后的玄机

“一元钱可以做什么？在一些地方也许可以勉强买一瓶矿泉水、乘一次公交车，但是在浙江建德市乾潭镇梅塘村卫生室，一枚小小的一元硬币既是诊疗费，还是药费、输液费、针灸费、包扎费……73岁的村医吴光潮在这间乡村卫生室坚守了五十多年，‘一元看病’的老规矩从1983年起延续至今。”

这段来自于某媒体的煽情报道，相信很多人，包括医疗同行都已经带着不同的心情读到过了。“一元村医”一度成了网上经久不衰的热点，各大知名媒体相继报道和转发。

看完这个报道后，我的第一反应是疑惑不解。

所谓“邪乎到家，必定有鬼”。一个合格的媒体人，如果碰到明显不合情理的事情，应该有足够的智力发现其逻辑上的不合理之处，同时有足够的能力寻找出其背后玄机。

遗憾的是，如果搞明白了背后的玄机，那这件事情往往也就平淡无奇，不够有吸引力了。所以，我们有些媒体人，越来越热衷于“邪乎到家”，而根本无心去揪出背后的“鬼”。

我看到这个报道的第一反应是：吴大爷家里是不是有矿啊？

有一个非常简单的、任何智力正常的人都应该能理解的常识需要向媒体朋友们反复强调：医疗服务是需要成本的。

一枚小小的一元硬币既是诊疗费，还是药费、输液费、针灸费、包扎费……

诊所购买药品是需要钱的，输液的液体和耗材是需要钱的，针灸用品的消毒是需要钱的，包扎用的敷料是需要钱的。

我们不说村卫生室的硬件成本和维护成本，我们再假定吴大爷餐风饮露，不食人间烟火。按照媒体报道，该诊所每年接诊量超过 4000 人，就按照每人每次就诊 20 元 ~ 50 元计算，每年的流水成本就达到 8 万元 ~ 20 万元。

每年倒贴 8 万 ~ 20 万元，如果吴大爷家里没有矿，那钱哪儿来？

在诸多报道的媒体中，有媒体有意无意地提了这么一句吴医生自己说的话：

“卫生室费用有政府的补助，即使不够的话村集体也会支持，我有退休工资，为村里服务，是尽自己的一点力量。”

吴医生是个老实人，说的都是老实话，但是有些不老实的媒体，把事情整个写歪了。

很多人，包括很多媒体人员，对中国基层医疗的现状，尤其是对中国基层医疗这些年翻天覆地的变化完全不了解。

中国 2005 年以后开始推行全民医保，现在医保覆盖率已经超过 95%，远远高于美国水平。在以农村为重点的基层医疗方面，国家各级政府也投入了巨大的资金和精力，中国这些年在减轻百姓医疗负担上做出的成就，怎么赞扬都不过分。

但遗憾的是，中国政府的这些巨大成就，并没有得到公正的评价和充分的宣传。长期以来，我们的知识界包括宣传战线上的个别同志，被西方自由主义洗脑，拼命鼓吹小政府大市场的模式，而全民医保，在这些人眼中无疑是属于倒行逆施的“大政府”行为。

在这种不正常心态下，很多人对这些成绩视而不见到了睁眼说瞎话的地步。直到现在，很多媒体人一说中国医疗，张嘴就是：一个普通家庭一场病就倾家荡产。

我想我的读者大都是普通家庭，家庭中的老人、亲戚恐怕也有不少人得过大病，我不知道有谁倾家荡产了？

诚然，限于国力和政府财力，对于一些罕见的严重疾病和一些过于昂贵的治疗，政府确实还无法做到全部买单。但这终究是少数个别情况。

扯远了，回过来接着说一元钱看病的事情。

其实，在中国的绝大部分农村地区，尤其是经济发达地区，农民在农村卫生室看病，都已经到了看病很少花钱甚至基本不用花钱的地步。这背后，是政府强有力的财政和政策扶持。

这种扶持的模式，就是吴医生说的：政府补助，村集体支持，村医有工资。

昨天我打了很长时间的电话，了解了一下山东老家的农村医疗问题。结果深感欣慰。

在我的家乡，全部的村医都已经纳入当地卫生院的编制管理，村卫生室成为乡镇卫生院的一个科室和机构，其药品和医疗耗材设备由医院统一配送，村医每月有固定的工资和绩效奖金，一般每月有几千元水平，按照当地收入，已经不算低了。

村医的工资收入并不是完全由卫生院负担，政府对此有专门的资金补助。

村卫生室的建设，也不是村医个人投资，而是采取多种模式，或者村委会投资，或者卫生院投资，或者国家资金扶持，等等。

至于村民看病的费用，有的连一元钱的诊费都没有，几乎不收挂号费。而诊疗费和药费都按照医保实报实销。由于村医提供的都是一些针对常见、多发、简单疾病的普通治疗和药物，这些治疗手段和药物几乎都在国家医保范围内，可以全额报销，村民负担极低。

当然，由于水平有限，对于相对复杂的疾病，患者还是需要去更高一级医院处理。

我们来看看另一个同样是一元钱看病，却没有引起媒体多大兴趣的报道：村民看病一块钱，而乡村医生的平均月薪过万元。

这是和吴医生所在的浙江省经济条件大体相当的广东农村基层医改的样板。

这背后，是政府财政的巨大扶持。说白了：这世上从来不存在什么看病不花钱的好事，而只存在由谁来为老百姓的医疗费用买单的问题。

吴医生所在的建德市，在农村基层医疗方面投入更大，这些年来，每年建德市都投入专项资金，委托医学院校为建德市定向培养村医。这些学员毕业后要与当地签订聘用合同，至少为农村服务五年以上，其间工资待遇均有良好保障。

医生家里没矿，医生没有能力也没有可能为大家的医疗费用买单，有这能力的，只有政府。为吴医生乡亲支付那一元之外的费用的，也不可能是吴医生自己，而只能是村集体和上级政府。

有人可能会问：国家支持农村基层医疗是这些年的事情，吴医生可是从1983年就只收一块钱啊。

这一点，既要感谢吴医生多年来坚持扎根基层为老百姓服务的奉献精神，也要感谢村委会的支持。

1983年的一元钱，数额其实并不算小。那时候大学教授也就几十块钱的月薪。可以说，当时吴医生的诊费，是相当贵的。但是吴医生几十年没有提价，不提价实际上就是一直不停地降价。

这与村集体的支持力度不断加大是分不开的。

我们要明确一点：这个卫生室这么多年来都不是属于吴医生的，而是属于村集体的，诊所的收费标准也不是吴医生自己可以随便决定的。村集体多年来一直对卫生室有财政支持，一开始是每年八千元，后来涨到了每年三万元。现在则支持力度更强，国家有政策，村集体有补贴，吴医生也有人发工资。

好了，话说到这份儿上我想大家应该已经很清楚了：吴医生常年扎根农村为村民服务，确实是难得的好医生。但是，一元钱看病这件事情，更大程度上，要感谢村集体和国家的财政支持，感谢国家这些年兢兢业业大力推进的基层医疗建设，认认真真、实实在在为老百姓谋福利。

我们某些媒体，甚至一些级别很高的媒体，把国家和集体这些年的大量民生投入抹杀了，把党和政府对老百姓实实在在的关怀、殚精竭虑为老百姓谋福利的努力抹杀了，把这一切都归功于医生个人的“医者仁心”，不知道安的什么心。

譬如我救一个患者，总共花了 10 万元，国家报销了 9 万元，他自己负担了 1 万元。患者应该感谢的是国家和其他纳税人。如果媒体报道：阿宝医生医者仁心，10 万救命费用只收 1 万，那肯定是胡说八道。

这件事情最恶心的，是某些媒体报道时明明居心不良、指桑骂槐却故作饱含深情的用词：一元钱看病不涨价的背后是医者仁心。

这世上从来不存在什么看病不花钱的好事，而只存在由谁来为老百姓的医疗费用买单的问题。

这是常识，是常识，是常识！

无痛分娩背后的中国麻醉医生

最近，国家卫健委官网发布《关于开展分娩镇痛试点工作的通知》。通知显示：2018—2020 年，在全国范围内遴选一定数量的医院开展分娩镇痛诊疗试点工作（以下简称试点医院）。发挥试点医院的带动和示范作用，以点带面，逐步在全国推广分娩镇痛的诊疗工作。

试点范围：具备产科和麻醉科诊疗科目的二级及以上综合医院、妇幼保健院或妇产专科医院。

试点医院应当在 2020 年年底前达到以下要求：（一）分娩镇痛技术操作和管理符合规范要求；（二）椎管内分娩镇痛率 ≥ 40%。

试点的目的是推广，这一点通知说得很清楚：“发挥试点医院的带动和示范作用，以点带面，逐步在全国推广分娩镇痛的诊疗工作。”

说实在话，对于卫健委响应健康中国号召，努力推动无痛分娩工作，不断增加民众幸福感和获得感的辛勤工作，我是发自内心支持的。

但是，在做了几个简单的计算之后，我对中国无痛分娩的推广前景，有些不乐观。而且我认为，无论是搞试点还是搞培训搞考核，都没有抓住推广普及无痛分娩的核心问题。

目前，中国的无痛分娩率仅有 10% 左右，而欧美国家无痛分娩率达到 85%。

这是因为中国医生技术不行？没那回事。无痛分娩没有那么神奇，其技术操作对于麻醉医师而言相当简单。中国医疗整体水平比起欧美或许还有差距，但中国医生包括麻醉医生在高强度、长时间的工作实践中练出来的一双巧手，是不输于任何国家医生的。

制约中国无痛分娩推广的，其实无非两个问题，一个是人，一个是钱。

当然，人的问题归根结底也还是钱的问题。

很多人都已经知道中国儿科医生极度短缺，想不知道也不行，每年发病高峰期儿科门急诊那长长的队伍会时刻提醒你。但是，中国麻醉医生的短缺，甚至比儿科医生更为严重。遗憾的是，麻醉医生的极度缺乏，并不像儿科门急诊的长队一样，能给老百姓和决策者以直观的感受，以至于很多人对这个问题缺乏足够清醒的认识。

麻醉医生不仅要完成外科患者的手术麻醉，还要承担急症患者插管抢救，各科室无痛纤支镜、无痛胃镜等检查的麻醉，还要承担疼痛门诊以及各个病房的抢救工作，不仅极其辛苦，而且责任重大，精神压力极大。

要开展无痛分娩，首先承担这一任务的是中国麻醉医生，可中国的麻醉医生有多缺呢？

根据2017中国卫生和计划生育统计年鉴，2016年中国约有7.66万麻醉执业（助理）医师，每万人拥有的麻醉医生仅为0.5人，而美国和英国则分别是2.5人和2.8人。换句话说，如果按英美标准计算，中国麻醉医生的缺口为30万人左右。

按照国家卫生健康委员会等7部门联合印发的《关于加强和完善麻醉医疗服务的意见》，我国力争到2020年，麻醉医师增加到9万人；到2035年，麻醉医师增加到16万人。

也就是说，即使卫健委的计划能顺利完成，到2035年，也就是16年后，中国麻醉医生的缺口依然高达20万人。

而且，我对这个计划能不能顺利完成非常担忧，因为在过去5年，中国麻醉医生数量仅仅增加了20%。培养一个合格的麻醉医生，从本科教育算起至少需要十年时间，我不知道有关部门从本科教育、研究生教育、住院医生规范化培训以及麻醉医生待遇方面，到底采取了什么有力的措施，做了什么制度性和政策性安排，能够确切稳妥地保证麻醉医生增长目标的实现。

无痛分娩操作并不复杂，但是需要麻醉医生长时间观察，特别占用人力资源。没有足够数量的麻醉医生，推广无痛分娩的所有雄心壮志，都是镜花水月、空中楼阁。

在中国麻醉医生完成现有工作就已经筋疲力尽、疲于奔命的情况下，不顾麻醉医生的极度疲劳和长期超负荷劳动，强行推广无痛分娩，最终结果只能是竭泽而渔。

建立试点医院，对医生进行无痛分娩的技术培训，我是支持的。

中国医生从来都不缺乏学习新技术的动力和开展新业务的激情，更不缺乏以自己的双手去最大限度减轻患者痛苦的医者仁心。

但是，医生的体力和精力是有极限的，继续无休止地强迫中国麻醉医生增加工作量和工作强度既不人道也不现实。

只要中国有足够的麻醉医生，甚至只要中国麻醉医生不这么苦这么累，不需要谁来引导和强制，无痛分娩的推广和普及自然会水到渠成。

所以，在试点和推广之外，我建议有关部门更多地关注一下麻醉医生的教育培养和待遇问题。

十年树木，百年树人。这些工作投入大，周期长，见效慢，无法取得立竿见影的政绩。但是，医务人员是一个国家医疗体制的根基。没有足够的高素质医务人员，就没有健康中国。

我看“小病大检查”

有一次，某知名媒体发表了一篇题为“小病为何要大检查？患者抱怨　医生无奈”的文章。文章以貌似公允的方式，从患者、医生和所谓的专家三个方面角度解读了“小病为何要大检查”这一问题。

不出意外，这篇“公允”的文章，再一次让中国医务人员遭受了铺天盖地的谩骂。而这场谩骂的始作俑者，却做出一副无辜的样子：我们的报道很公允啊，让医务人员被骂这不是我们的本意啊。

这样的报道是不是公允，让医务人员挨骂是不是媒体的本意？我们再仔细看看这篇报道的题目，然后稍微琢磨一下就知道了。

报道题目是“小病为何要大检查？患者抱怨　医生无奈”。

这样的题目，已经明确地预设了立场，已经明确地认定

“小病大检查”这一错误的行为，在医疗行业广泛存在并成为一种恶劣风气。

这样的前提一旦确立，那么，整篇文章的内容肯定就是：患者对这一现象的愤怒，医生对这一现象的狡辩，专家对这种现象的批评和解决意见。

这样的报道出来，医务人员不挨骂，那才怪。

这样的题目是在伪装的公允外表下，对医疗行业进行了一场未审先判的羞辱和声讨。

这样一个缺德的题目，是某些所谓铁肩担道义，辣手著文章，身负监督社会、弘扬正能量的媒体人，常用的话术和伎俩。

要想讨论一个问题，我们得依次明确几点：

这个问题是否存在？

这个问题目前严重到什么程度。

这个问题产生的根源是什么。

上面每一个小问题，都需要大量翔实的数据作为支撑。然而，翻遍整篇文章，我们发现，记者仅仅使用了一个“数据”：

“我就是有点咳嗽感冒，到了医院又是心电图又是抽血，最后还拍了个 CT，药还没开就花了 700 多元。”某大学一个学生告诉记者，他在汕头某医院进行一系列检查，最后只得出了

“普通感冒”的诊断，“感觉白白给医院送了钱”。

某个患者口述的未经核实的一个个案检查花费，是给中国医疗行业扣上“小病大检查”这样大的一个屎盆子的记者，在这篇文章中使用的唯一一个阿拉伯数字。

那么，所谓的“小病大检查”这种现象，在中国医疗行业是否是一种普遍存在呢？

评估一点，不能以某些患者的感受作为依据。原因很简单，这种依据肯定有巨大偏差。

如同任何一个员工都会觉得薪水低、工作累，如同任何一个孩子都会觉得作业多、玩的时间少，如同任何一个企业老板都会觉得税负高、赚钱少，任何一个患者，也都会觉得医院等候时间长、花费多、体验差。

这是人性，而未必是事实。

是不是事实，我们要拿证据说话。

在中国，小病的检查到底大不大呢？

什么样的病算小病呢？似乎没有一个统一的标准。我们暂将不需要住院的门诊患者作为“小病”，来看一下相关数据，这些数据，记者花 1 分钟就能查到，但他们似乎永远都懒得查，而更致力于各种嘴炮。

2018 年 1~6 月，全国三级公立医院次均门诊费用为 315.0

元，二级公立医院次均门诊费用为 201.7 元。

这就是 2018 年上半年，门诊患者的次均花费数据。

这个数据不仅仅是检查费，还包括挂号费、药费、门诊手术费、各种治疗费等。我们假定检查费占其中一半的话，那么，代表中国公立医院最高诊疗水平的三级医院，每个患者的检查费用不到 160 元，而二级医院仅为 100 元左右，至于作为中国医疗体系最基层的一级医院，其检查费用肯定远远低于 100 元。

同时，2018 年上半年，全国居民人均可支配收入为 14063 元。换句话说，中国门诊患者每次到医院就诊的检查花费，远远不到人均年收入的百分之一。而且，其中绝大部分检查可以报销。

当然，我们不否认，医疗行业可能确实存在一些不正之风。但是，就目前这个数据来看，这种检查的规模不大。

除了这一点，还有一个问题要说清楚：小病，未必有你以为的那么小。

我们以最简单的感冒为例。

很多人都向我抱怨过一个问题：为什么一个本无须做任何特殊处理的普通的感冒，到医院却往往要做检查甚至要输液。

首先，我不排除医疗行业存在一定程度的不规范行为。但是从另一个方面，我们也需要明白一点：你走进医院这一行为本身，就意味着对你的医疗措施需要升级。

其次，绝大部分普通感冒无须做任何处理，但也确有一部分感冒患者病情比较严重，会继发细菌感染或出现水电解质紊乱，甚至诱发合并的心脑血管疾病加重。另外，有相当一部分的凶险疾病，比如心肌炎，有时候症状与严重感冒极其相似，需要医生认真分辨。

绝大部分感冒患者不需要做特殊处理，与“以感冒症状到医院就诊的患者无须特殊处理”是完全不同的概念。

要知道，绝大部分症状不严重的感冒患者是根本不会到医院来的。难受得厉害不得不到医院就诊的患者，恰恰是病情最严重的那“绝小部分”，这部分患者，往往是需要做必要检查进行排查，甚至需要做进一步治疗的。

最后，我想说一个问题是：检查比以前做得多，不是因为医生技术退步，而是恰恰相反。

文章提了一个无数人都提过的问题：

为何过去小病检查只需要医生依据患者的描述以及医生的经验去判断，现在却上了这么多检查项目？

其实，我们在生活中和网络上，经常听到类似的抱怨。

比如某些民国粉常唠叨：为什么民国大师辈出，现在却罕有大师？

比如某些老年人经常抱怨：20 世纪 70 年代，一个工人养活三四个孩子都不费力，现在双职工养一个孩子都养不起。

其实答案再简单不过：这种对比毫无意义，因为标准已经变了，这种对比毫无意义。

民国时代，遍地文盲，小学毕业就是知识分子，偶有几个豪门子弟有机会去国外读个克莱登大学回来，就是“大师”了。在我们这个义务教育早已经全面普及，大学生铺天盖地，硕士、博士多如牛毛的年代，哪容易有什么大师脱颖而出。

20 世纪 70 年代，工人家庭养三四个孩子确实很常见，但是在那个贫困年代，孩子的衣食住行、医疗、教育等方方面面的养育标准，和现在差了岂止十万八千里。要是按照 20 世纪 70 年代的标准来养的话，现在双职工家庭养几十个孩子恐怕都不是问题。

同样，在医疗问题上，社会发展了，医学进步了，医生和患者对诊疗水平的要求都提高了。相应地，对疾病诊疗的精准程度和循证要求也大大提高了。

对现在高水平的精准循证医疗不满意，却怀念几十年前粗糙的低水平医疗，岂不是滑天下之大稽。

我们初中的政治教科书上讲得清清楚楚：人和动物的本质

区别，在于人类会制造和使用工具。

检查也是一种工具，每一种检查手段，都需要医生学习和掌握相应的医学知识，将检查结果和问诊及查体结果相结合对照，以最大限度减少误诊和漏诊。

各种检查手段的原理、操作、指征的掌握及检查结果的分析解读，都需要长时间的理论学习和实践锻炼，需要医生付出大量的时间和精力才能熟练掌握。每一种新的检查手段出现，都意味着医生要重新学习和更新自己的知识。

检查比以前做得多，不是因为医生技术退步，而是恰恰相反。

对检查知识和技能的掌握和使用能力，本身就是医生技术的重要组成部分，也是衡量医生医术水平的重要标尺。

会使用工具的动物，比不会使用工具的动物高级，不是吗？

门诊输液等于过度医疗？

2019 年 1 月，有些媒体相继兴高采烈地报道了吉林省十多家医院宣布取消成人普通门诊输液的消息。某媒体报道的题目赫然是“关注：门诊输液被叫停，过度医疗才是病”。

有一次，一个栏目批评中国医生过度检查，现在这些媒体批判门诊输液是过度治疗。我不知道在这些媒体眼中中国医疗到底有多黑暗。但我想说：中国医疗行业欢迎批评乃至批判，但这些批评和批判必须有理有据。你说中国医生过度检查，说门诊输液是过度治疗，都最好拿出可靠的数据支持。

遗憾的是，我们并没有看到本应具备的严谨作风。在那个引起了对医生一片骂声的栏目文章中，唯一使用的数据是一个患者就诊时的检查费用数据，而且没有任何证据证明这个检查费用不合理。

这次这些媒体共同出手指责门诊输液是过度医疗，表面上似乎比这个栏目严谨得多，因为它至少使用了一组数据。

可惜的是，这些媒体的记者在网上搜来的没有任何来源和出处的数据，只是一个流传已久的谣言。

这个谣言，早在 2013 年就被卫计委辟谣过了。卫计委的辟谣，新华社还报道过。

“百亿瓶”是我国每年输液制剂的生产量，不能等同于输液量。我国每年生产的输液制剂，一部分用于出口，一部分用于动物使用，还有一部分在流通环节流转。制剂到了医院以后，不光用于输液，还用于手术冲洗、创口换药、血液透析、腹膜透析等方面。这些方面用量还很大，而且医院也有库存。

卫计委和新华社辟过的谣竟然被这些媒体拿来公开传播，我实在不知道该说啥了。

顺便说一句，所谓“中国每年因输液死亡 10 万人”“输液在国外等于小手术”“输液等于自杀”等，均属于谣言。

想取消静脉输液，咱们得先弄明白为什么会有门诊静脉输液这回事。

任何一件事情，要想改变它，要先了解清楚它是怎么来的，为什么存在，解决了什么问题，又导致了什么问题。

门诊输液，其实是中国在医疗资源相对不足情况下的一种变通措施。

在很多人心目中，患者可以分为两种：病情轻微无须住院的患者和病情严重需要住院的患者。

但实际上，轻微和严重，本身并没有一个明确的界限，还有很多介于轻微和严重之间的患者。很多患者，病情确实需要输液治疗，但患者本人不方便住院或者没有条件住院，且患者本身状况尚不算太差，行动方便。对这些患者，一般就给予门诊输液治疗，既方便了患者，又减轻了病房压力，降低了患者负担，可谓三全其美。

取消门诊输液的一个最强有力的理由是：中国存在大量的过度输液治疗。

中国的过度输液问题，主要原因有以下几点：部分医生的医疗观念落后，部分患者医疗观念落后，医生规避医疗风险和医疗冲突，医院和医生出于利益驱动。请告诉我：取消门诊输液，能改变其中哪一点？如果其中任何一点都无法解决，那么，这种改革的结果是什么呢？

第一，大量的门诊输液患者转化成住院患者，继续输液治疗。难道我们下一步医改的措施是取消病房输液？

第二，由于大量门诊输液患者转移到急诊和病房，急诊和病房工作负担将极大增加。而急诊一直是中国医疗行业的软肋，工作强度高，压力大，冲突高发。这样的医改措施，无疑给本就不堪重负的急诊科室增加了巨大的负担。中国三甲医院本就床位严重紧张，大量病情不甚严重的患者占据病房资源，将导致大量病情更危重的患者得不到治疗。事实上，迫于严苛的医保住院时间和费用指标，医生可能更愿意收治这些病情较轻的患者。

第三，由于三甲医院的床位和医疗资源紧张，大量的门诊输液患者被迫转到基层医院输液。而基层医院恰恰是过度输液的重灾区。事实上，越是高级别的医院治疗越规范，而越往基层，抗生素、激素、维生素“三素一汤”的治疗模式越普遍。这种情况和基层医生的业务水平有很大关系。

综上，三级医院取消门诊输液，是解决了问题还是制造了更大的问题，我想诸位已经有了答案。

那么，为什么很多医院打着治理过度治疗的旗号主动取消门诊输液呢?

其实原因就两个字：利益。

在国家全民取消药品加成和耗材加成后，由于输液技术收费极其低廉，门诊输液对医院根本就是赔本的生意，输得越多赔得越多。不仅如此，门诊输液还会占用医院大量人力资源，并成为涉医暴力高发区。无论从经济成本还是行政成本考量，取消门诊输液都对大医院百利而无一害。

此外，取消门诊输液，医院可以把大量可以门诊治疗的患者收入院治疗。这些需要输液但病情较轻的患者，会一下把医院的平均住院时间和次均住院费用等指标变得非常好看。

当然，这些话，谁也没法摆到明处说。所以大家打的旗号就是：治理过度医疗。

医院取消一种便民服务，医院只给医保患者采购和使用最便宜的药物，这对患者而言是好事还是坏事呢？

法律，永远不能是恶人手中的玩物！

无论在司法界还是医疗界，长春长生案都是这几年引起高度关注的热点案件。案件的最终处理结果，也可谓大快人心。犯罪嫌疑人包括董事长高俊芳在内共 18 名高管被逮捕，没收全部违法所得，处最高额罚款。

判刑牢底坐穿，罚款倾家荡产。消息传来，不仅全国人民拍手称快，那些在药品生产上动歪脑筋的企业，相对也收敛不少。

很多人说，长春长生生产的疫苗无毒，只是效价低，对人体无害。

他们却忘记了，疫苗是要保护人体免受疾病侵袭的，而效价低的疫苗，纵使本身无害，也剥夺了人们通过注射疫苗免于疾病的权利。这是对公共健康赤裸裸的毒害。

如今，从各大媒体披露的信息来看，权健之恶，远大于长生。

一个原本正在接受治疗的小女孩，因为她的父亲听信了权健“花 8000 万买的抗癌秘方”，听信了“这期间，不要吃西药也不要化疗”，不顾女儿的主治医生阻止，中断了治疗，带着小女孩离开了医院。最终，小女孩在无法用语言描述的极度痛苦中死去。

很多“洗地者”振振有词地说:“权健不就是骗了点钱吗?小女孩得的本来就是绝症，吃不吃权健的产品都会死。”更有甚者，公然宣称西医的手术化疗也根本治不了小女孩的病，西医骗钱比权健骗得更多。

很多骶尾部恶性生殖细胞瘤患者，包括一些转移患者，经过规范的手术和化疗，可以达到临床治愈。部分甚至可以活到成年结婚生子。即使复发患者，也有部分能取得不错的疗效。

根据数据调查，在接受手术以及术后五药联合化疗后转移性肿瘤患者的 5 年 EFS（无事件生存率）为 67% ，无转移患者为 83%，而转移性肿瘤患者 5 年 OS（总生存率）为 69% ，无转移患者为 92%。

手术和化疗，绝不像某些无知的权健支持者那样污蔑的“无效”“骗钱”，而是有严格的科学验证过的确切效果。

当然，疾病的预后取决于很多因素，包括肿瘤的分期、分型以及运气。我们谁都无法保证规范治疗的小女孩一定会有一个皆大欢喜的结果。但我们可以肯定的是，规范的治疗是她活下去的唯一机会。而她在停止治疗时，其肿瘤标记物水平已经接近于正常。

在这种时刻停止化疗，如同一场艰苦的战争打到最后，敌人即将被彻底压制，我军即将发起总攻的时候，我军却突然放弃阵地选择投降。

我很难相信小女孩的悲剧是偶然，在一篇名为“权健集团的立身发展之道”的报道中说，“面对癌细胞的肆虐，权健肿瘤医院并不主张马上进行手术或者放化疗手段而是以西医诊断为依托，中西医互补为原则，通过中医秘方再生传导，增强自身抗癌免疫力来优化传统治癌体系。”而小女孩拿到的秘方竟然是“大枣固体饮料”与“紫草体用精油”。

除此以外，2014 年 12 月 14 日，央视曝光称权健保健品销售乱象，骨正基鞋垫能治疗腰椎间盘突出、颈椎病、肩周炎。一位资深经销商称：“头痛放头上，腰痛放腰上，前列腺炎搁裤裆里，突发心脏病可以从脚底拿出来放腋窝，心脏病立马就可以救回来。”

简直匪夷所思！

最可怕的是，明明做着卖假药的事，明明干着谋财害命的勾当，却堂而皇之地带上了“保健食品”的保护伞。

这不是一般性质的“诈骗”，这是利用一个人的绝望，利用一个人的无助，利用一个灵魂留恋人世、恐惧死亡的本能去行骗。

被欺骗的，是苍茫江面上发出悲鸣的最可怜的人；被损害的，不仅仅是财产，虽然确实很多被害人因此倾家荡产。权健承诺的，却只是一根天价救命稻草，害得患者错过原本可以挽救生命的大船。

这丧心病狂、令人发指的行径，在法律之剑落下时，却试图躲在“保健品”的挡箭牌下逃脱:“我卖的是保健品，你不能以‘假药’给我定罪，最多你说我虚假宣传，处以罚款。”

而我，作为一名医生，作为一个平民，作为一个孩子的父亲，我要向我们的执法者大声疾呼：权健犯下的罪行绝不是虚假宣传，而是制造销售假药!

什么是假药?

《中华人民共和国药品管理法》规定：有下列情形之一的，为假药:

(一)药品所含成分与国家药品标准规定的成分不符的；

(二)以非药品冒充药品或者以他种药品冒充此种药品的。

国家明确规定保健品不得宣传疗效。而权健将明明不能治疗肿瘤的“保健品”，吹嘘成能够治疗肿瘤的神药，并以此向肿瘤患者贩卖牟利。这难道不是“以（对肿瘤无效的）非药品冒充（能够治愈肿瘤的）药品”？难道不是生产销售假药？

说句实在话，我对小女孩家人能否讨回公道，并不持乐观态度。原因很简单，法院讲究证据，而那些狡猾的骗子，绝不可能在骗小女孩家人的时候，给他们留下任何的书面和视频的保证。小女孩家人恐怕永远没有办法向法院举证，当时对方到底承诺了什么，吹嘘了什么。

即使小女孩家人无法举证当时对方确实以虚假疗效骗了自己，但权健此后编造治愈小女孩肿瘤的谎言并大肆宣传的行为，以及“丁香园医生”证据中提供的权健在各种场合大肆宣扬自己能够治愈肿瘤等疾病的行为，均毫无疑问地属于“以（对肿瘤无效的）非药品冒充（能够治愈肿瘤的）药品”，也就是说，毫无疑问属于生产销售假药！

权健，名为保健品领域的违法犯罪，实际上却和绝大部分保健品一样，早已染指了医疗。而医疗是极为特殊的一个行业，试错成本太过高昂，一个因为保健品耽误了治疗的患者，永远错过了最佳治疗时机！一个因为保健品丧失生命的患者，永远不可能再活一次！

保健食品品种如此繁多，普通群众根本分辨不出，怎么可以仅仅以《广告法》进行处罚？怎么可以仅仅以《反不正当竞争法》给其定性？难道要众多患者付出健康乃至生命试错吗？

诚然，在立法上，存在着很多的不完善，如保健食品领域没有专门的立法，立法层次较低，保健品市场体系不够完善等。仅仅以《中华人民共和国食品安全法》为主导，以《中华人民共和国产品质量法》《中华人民共和国消费者权益保护法》《保健食品施行审查暂行规定》《保健食品管理办法》《保健食品注册管理办法（试行）》为配套的法律体系，对严重侵犯公民权利的行为没有刑法予以约束。

诚然，在监管上，多头管理存在很大的弊端，如保健食品的注册和广告审批由食品药品监督部门负责；保健食品生产企业的管理，包括发放卫生许可证和认证工作由卫生部门负责；企业的登记注册及保健食品的流通由工商部门负责；保健食品的标准制定由质监部门负责；进口保健食品的检验由检验检疫部门负责。没有统一监管部门，没有明确的权责划分，在细化分工的同时滋生出极大的懒政空间。

但我们不能视而不见的是，权健卖给消费者的是形式上戴着蓝帽子的保健品，本质上却是“假药”！

我们不能置若罔闻的是，商家利用法律空隙正在谋财害命，而我们却拘于法律条文而忽略了法律的精义纵容其作恶！

我们不能不坚持的是，法律是由国家强制力保障实施的社会契约，法律必须维护整个社会的公平正义，法律，永远不能是恶人手中的玩物！